三國疑雲
卷7
巔峰之戰
水的龍翔 著

目錄

第一章

甕中捉鱉

這邊夏侯惇、曹仁的騎兵剛進城，那邊高飛帶領郭嘉、趙雲、魏延便堵住了城門。原來，這是郭嘉獻的計策。

高飛看到魏軍盡數入城，便笑道：「奉孝此計甚妙，如此一來，我們就能甕中捉鱉了，哈哈哈……」

「三位軍師，總軍師發來飛鴿傳書。」另一名斥候來到荀諶、荀攸、郭嘉的身邊，拱手說道。

三人將飛鴿傳書傳閱一遍，看完之後，臉上都洋溢著喜悅，道：「總軍師真是神機妙算，魏國大勢已去，占領中原，指日可待！」

原來，自從賈詡接到高飛的命令後，先行派遣荀諶帶著娘子軍以及冀州駐軍前往卷縣支援高飛。在瞭解到中原的局勢後，毅然決定帶著十萬大軍以韓猛、臧霸為左右先鋒，攻打黃河南岸的魏軍。

魏軍突然遭受到燕軍的襲擊，措手不及，本來青州的防務是交給朱靈、曹真、夏侯恩把守的，但是為了戰爭的需要，曹真、夏侯恩被抽調出來，回到虎衛軍中，這樣一來，青州的防務便完全落在朱靈的身上。

荀彧雖然照看著青州、徐州，但是畢竟他在徐州，不在青州，加上消息的傳遞十分緩慢，以至於不能及時掌控局勢。

燕軍的猛烈進攻，朱靈抵擋不住，只好從黃河岸邊撤軍，本想堅守城池，阻擋燕軍的進攻，哪知道燕軍先易後難，韓猛、臧霸兩路大軍橫掃了半個青州，如今又和賈詡一起包圍住了朱靈所在的濟南郡，形成了對峙。

振奮人心的消息傳遍了整個燕軍陣營，所有的人都歡呼了起來，兩年前，他們試圖占據中原，卻因兵力不足，中原局勢動盪而被迫退回河北，潛心發展兩年後，再次以王者的姿態踏進了中原的土地上。

這一次，他們絕對不會後退半步，因為他們已經有足夠的實力去占領中原，而曹孟德必然成為他們鐵蹄之下的一個犧牲品。

郭嘉挑選了一萬輕騎兵，帶著龐德、文聘、魏延、褚燕、盧橫五人，沿著曹洪逃跑的路線追了過去。

曹洪帶著八千步騎兵，一路上迤邐前進，並且在路上設下層層的障礙，以阻隔燕軍的追擊，這才重新退回了垣雍城。

垣雍城已經殘破不堪，曹洪剛帶著人回到垣雍城，便見典韋、曹真、夏侯恩、曹休護送著曹孟德從北面回來了。

他急忙迎了上去，看到幾人如此狼狽的樣子，便問道：「大王，發生了什麼事？」

「被燕軍給伏擊了……如果是人的話，對付起來還比較容易，可惜伏擊我們的不是人……」夏侯恩喘著氣說道。

「不是人？那是什麼？」曹洪狐疑地問道。

「是蛇，成千上萬條蛇！」曹真答道。

這時，夏侯淵、文稷也回來了，也是一身的狼狽，見到曹孟德、典韋、曹洪、曹休、曹真、夏侯恩都聚集在垣雍城的門前，急忙道：

「大王……我的神行軍……神行軍……」

「都別說了，暫且到城中休息一下，然後退兵回牛家屯的大營！」

曹孟德的臉上看不出一絲的哀傷，但是心裡卻在流著血，策馬向前，駛進垣雍城。

夕陽西下，暮色四合，天邊出現道道晚霞，照耀在垣雍城上，殘破的垣雍城四周是一片血色，剛好和這晚霞形成了統一。

不一會兒，天色黑了以後，天空中傳來一道霹靂，滾雷陣陣，雷聲隆隆，震耳欲聾。隨後，大雨傾盆而下，雨水洗刷著這塊血腥的土地。

垣雍城裡，曹孟德坐在大廳裡，一臉的苦惱。

三萬大軍竟然會敗得如此慘烈，只一天的功夫便戰死兩萬多人，其中虎衛軍、虎豹騎、神行軍三支精銳部隊盡皆戰沒，**這是他有史以來第一次敗得如此慘。**

「大王，飯菜都涼了，多少吃一點吧？」

典韋看著黯然傷神的曹孟德靜坐在那裡，擺在面前的飯菜早已失去熱度，不忍心地提醒道。

「有離的消息嗎？」

典韋搖了搖頭，說道：「大王，夏侯離武藝不錯，何況身邊還有虎衛軍和虎豹騎保護，應該不會有事的，請大王放心好了。」

「離……但願你能好好的……」

「大王……」

一聲巨吼從外面傳了進來，許褚大步流星地跨進大廳，身上也被雨水淋得濕漉漉的，頭髮上正在向下滴著水，一進門便抱拳道。

曹孟德、典韋看到許褚突然出現，而且一臉的慌張，齊聲問道：「仲康，你怎麼來了？」

許褚走到曹孟德面前，一把抓住曹孟德手腕，說道：「大王，請速速跟我走，此地不宜久留，高飛帶領大軍正往這邊趕來，軍師讓我務必將大王帶走。」

「高飛沒有攻打牛家屯大營嗎？」曹操問。

許褚道：「沒有，高飛來了一會兒，就立刻撤退了，目前正朝這裡趕來，軍師派我先行抄近路而來，並且命令夏侯惇、曹仁、李典、樂進、于禁等將軍帶領騎兵追擊而來，軍師也親自率領大軍來接應大王。請大王速速離開此地，晚了只怕來不及了。」

「大王，不好了，燕軍殺了過來，郭嘉帶著魏延、龐德、文聘、盧橫、褚燕等人已經抵達西門，正在攻城，曹洪正率部抵禦，請大王速速撤離。」曹休慌裡慌張地跑了進來，連拜都沒有來得及拜便叫了起來。

「沒想到燕軍來得這麼快！」典韋道：「仲康，文烈，召集善戰士卒，我們一起保護大王離開此地。」

「諾！」

垣雍城外的樹林裡。

高飛率領趙雲、黃忠、太史慈、甘寧、張遼以及一萬五千名精騎藏在那裡，遙望著柳子河對岸的垣雍城。

高飛扭頭對眾人說道：「前面就是垣雍城了，魏軍已經占領了那裡，一會兒將有一場大戰，不管是誰，絕對不能放走他們。」

「諾！」

「黃忠、甘寧，你們兩個各自率領三千精騎繞到垣雍城的兩翼，趙雲、太史慈、張遼，你們三個留在這裡，散開來，先伏擊後面緊緊咬住我軍的夏侯惇、曹仁他們，阻止他們與垣雍城裡的部隊會合！」高飛吩咐道。

「諾！」

命令一經下達，眾人便各自散開。

大雨還在下，雨簾遮住了每個人的視線，加上又是黑夜，只能映著閃電朦朧的光線看見垣雍城的所在，滂沱的大雨嘩啦啦的下著，讓眾人的耳朵聽不到其他的聲音。

所有的人都被雨水打濕，弓弩在這樣的大雨中無法使用，當黃忠、甘寧兩支軍隊跨過柳子河時，赫然看見曹孟德在典韋、許褚、夏侯淵、曹休、曹真、夏侯恩、文稷的護衛下騎著馬出來。

兩軍相見，分外眼紅，黃忠、甘寧直接帶著騎兵殺了過去。

曹孟德見到黃忠、甘寧時，先是怔了一下，沒等他發話，典韋、夏侯淵、曹休等人便率先衝了出去，許褚、曹真、夏侯恩、文稷則護衛在曹孟德的身邊。

黃忠迎著典韋，甘寧擋住夏侯淵，其餘的騎兵則擋住曹休，兩軍就在垣雍城前混戰了起來。

戰事一起，躲在樹林裡的高飛趕忙掏出望遠鏡，觀察前方的戰場。

當他看到曹孟德時，臉上露出興奮之色，吼道：「張遼帶領三千軍隊留守此地，擋住夏侯惇、曹仁、李典、樂進、于禁等人，其餘人都給我衝過去，斬殺曹孟德，得其首級者，封侯萬戶！」

太史慈聽後，二話不說，拍馬挺戟，第一個策馬竄進柳子河，跨越過柳子河後，舞動著一根大戟便向前殺了出去。

趙雲不甘落後，隨之衝了出去。

高飛也是異常興奮，挺槍帶著部下，一萬兩千名燕軍騎兵將曹孟德等人堵在了垣雍城門口。

曹孟德見燕軍勢大，即刻下令道：「撤！快撤！」

命令一經下達，曹孟德便在許褚等人的護衛下撤到了城裡。

典韋正在和黃忠憨鬥，剛鬥了十回合，典韋便虛晃一戟，逼開黃忠後迅速撤回城裡。夏侯淵和甘寧打得難解難分，見形勢逆轉，便撇下甘寧策馬回城。

曹休也帶著剩下的騎兵回城，混戰就此結束。

高飛、趙雲、黃忠、甘寧四人匯聚在一起，沒有進一步逼迫曹孟德，將曹孟德堵了回去之後，便在城外堅守，任由暴雨淋在自己的盔甲上。

垣雍城的西門。

郭嘉率領著魏延、龐德、文聘、褚燕、盧橫等一萬騎兵，因為走得匆忙，沒有攜帶足夠箭矢，所以當連弩中的箭矢用完後，面對這座不大的城池也無能為力，更何況還是在雨中。

所以，郭嘉暫時命令停止進攻，轉而分兵包圍城池。

郭嘉留下文聘堅守西門，分出褚燕、盧橫在北門外堵截魏軍，自己帶著魏延、龐德到了南門。

剛到南門，眾人便看到在東門外的一股燕軍，走近一看，竟然是高飛等人，於是大軍全部合兵一處，統統交給高飛指揮。

曹孟德退回城中，先是清點城中的兵將，然後又讓人飽食一頓，挑選出三千精銳士卒，準備在夜間突圍。

與此同時，張郃也帶著軍隊抵達垣雍城外，和文聘合兵一處，在垣雍城東面的樹林裡，張遼則在布置陷阱，力求用陷阱阻擊夏侯惇、曹仁等人。

半個時辰後，夏侯惇、曹仁並馬向前，身後是清一色的騎兵，大約有一萬多人，李典、樂進在中間，于禁在後軍，眾人在風雨交加、電閃雷鳴的雨夜，行走在樹林裡。

夏侯惇握著一桿長槍，曹仁提著一柄大刀，兩個人並肩而行，在樹林中穿梭，不斷地埋怨著這鬼天氣。

一道閃電從空中劈下，照亮了半個夜空，樹林裡也因此清楚可見，夏侯惇、曹仁同時看見樹林盡頭有一條河，河的對岸是一座小城，除此之外，城外什麼東西都沒有。

「奇怪……」

曹仁心中泛起了嘀咕，止住大軍的前行。

夏侯惇問：「子孝，有什麼好奇怪的？」

曹仁道：「我們是追逐高飛而來，可前面的城池卻一片死氣沉沉的，不見一個燕軍，難道還不奇怪嗎？」

「沒啥好奇怪的，定然是燕軍在城裡面，我們這就殺過去，先占領了城池，再去接應大王。」夏侯惇急躁地說道。

「元讓兄不必如此著急，必須先弄清楚狀況才能行動，否則貿然行動，只會有危險。」曹仁謹慎地道。

夏侯惇道：「嗯，你說的也有道理，那現在怎麼辦？」

曹仁道：「派遣五百人到城下去打探一下，如果沒有埋伏，我們便可立即進攻城池。」

「好！」

話音一落，夏侯惇便分出五百騎兵，讓他們四散開來，朝著垣雍城而去。

這五百騎兵欣然領命，剛走出不到一里路，馬蹄突然踏空，整個地面像是陷進去了一樣，直接跌落在一個大坑裡，被鋪在大坑裡的尖木樁給刺死。

「果然有埋伏，大家後撤！」曹仁急忙喊道。

呼啦一聲，燕軍突然從樹林中冒了出來，魏軍的後軍遭到襲擊，張遼帶著人殺了出來，與此同時，左邊張郃，右邊太史慈，也一起殺出來夾擊魏軍，截斷了魏軍的歸路。

曹仁見無法退兵，只得硬著頭皮和夏侯惇一起帶著騎兵奔馳過柳子河，出現在垣雍城外。

突然，垣雍城城門大開，一股騎兵殺了出來，直逼向曹仁和夏侯惇。

這時，一道閃電從空中劈下，照亮了夜空，曹仁、夏侯惇登時看清從城裡殺出來的人，領頭的就是夏侯淵，立刻合兵一處，迅速進了城池。

李典、樂進、于禁邊站邊退，加上燕軍並沒有緊逼，似乎只是想將魏軍趕到城裡一樣，三個人才得以帶著人進了城池。

這邊夏侯惇、曹仁的騎兵剛進城，那邊高飛帶領郭嘉、趙雲、魏延便堵住了城門。

原來，**這是郭嘉獻的計策，與其在野外作戰增加傷亡，不如將魏軍全部趕到城裡包圍起來。**

高飛看到魏軍盡數入城，便笑道：「奉孝此計甚妙，如此一來，我們就能甕中捉鱉了，哈哈哈……」

垣雍城內。

曹魏的將領齊聚一堂，本來計畫著在這個時間突圍的，哪知道夏侯惇、曹仁、李典、樂進、于禁領兵趕來，遂放棄了原定計劃。

「大王，軍師命令我等先行趕來，軍師親自率領三萬步兵隨後就到，預計在明天辰時抵達此地。」夏侯惇見到曹孟德，彙報道。

「等不了那麼久了，看來是高飛故意放你們進城的，想圍困我們，再這樣拖延下去，燕軍的援軍會越來越多，必須儘快衝出重圍，然後撤軍回兗州，與這裡相比起來，**攻打青州的賈詡才是大患**，一旦青州被攻下，徐州、兗州將面臨威脅，我軍後方空虛，必須回援。」

曹仁、夏侯惇、李典、樂進、于禁等人面面相覷，齊聲問道：「大王，賈詡攻打青州了嗎？」

「賈詡率領十萬大軍，以韓猛、臧霸二將為左右先鋒，如今已經占領了半個青州，難道你們一點都不知情？」曹孟德反問道。

「我等未曾接到青州傳來的消息，確實毫不知情！」眾人齊聲答道。

「嗯，這也不怪你們，從青州到這裡，少說也要走上幾天，斥候無法及時通傳，也是情理之中。不過，燕軍的話是錯不了的，那個叫白宇的人突然出現在那裡，絕對不是偶然。賈詡早就跟隨高飛了。

「在涼州平定北宮伯玉叛亂的時候，賈詡就顯示出他過人的智慧，如今身為燕軍的總軍師，可見高飛對他信任非常。此人能悄無聲息的率軍偷襲青州，朱靈必然抵擋不住，很有可能朱靈所在的濟南郡已經被賈詡圍得水洩不通，所以消息才無法傳遞出來。」曹孟德分析道。

「大王，那我們就趕緊突圍吧，這裡離燕軍的大營只有十幾里路，如果燕軍再次增兵的話，那我們會很難突圍。」夏侯淵建議道。

「大王，請下令突圍吧！」眾將齊聲道。

典韋、許褚侍立在曹孟德的身後，夏侯惇、夏侯淵、曹仁、曹洪、曹休、曹真、李典、樂進、于禁、夏侯恩、文稷也拱手懇求。

曹孟德見狀，便吩咐道：「夏侯惇、夏侯淵、曹仁、曹洪，你們四人率領兩千騎兵為前部，從東門殺出，李典、樂進、于禁、曹休，你們四個人率領兩千騎兵緊隨其後，其餘將士全部隨我從南門殺出，現在開始行動！」

「諾！」

雖然夏侯惇、曹仁帶來的萬餘騎兵也被堵在城裡，但是從某種意義上來說，反而增加了魏軍的實力。

燕軍的援軍沒有增加，依然是兩萬多騎，在這種情況下，魏軍的增加無疑是讓曹孟德有了更多的突圍機會。

曹孟德的想法很簡單，先以四千騎兵為誘餌，從東門猛衝出去，讓燕軍誤以為魏軍孤注一擲從此處突圍，吸引其他城門的兵力，等到燕軍兵力調動時，便立刻從南門殺出。

魏軍重新清點了一下城中的兵力，一共有兩萬人，其中騎兵一萬兩千千人，步兵八千人。於是，夏侯惇、夏侯淵、曹仁、曹洪、李典、樂進、于禁、曹休八將各自領著五百騎兵匯聚在東門，曹孟德則帶領著其餘的步騎兵匯聚在南門。

此時，雨越下越小，夏季的雷陣雨就是如此。當雨漸漸停歇的時候，垣雍城的東門突然打開，夏侯惇帶著五百騎兵第一個衝了出去。

魏軍的突圍早在燕軍的預料當中，見到夏侯惇帶兵衝出來，早已守在外面的太史慈第一個迎了上去，身後的騎兵立刻一擁而上，堵住了夏侯惇。

太史慈緊握著風火鉤天戟，直接迎上了夏侯惇，立刻和夏侯惇混戰在一起，夏侯惇舞動著手中長槍奮力而戰，抵擋著太史慈的進攻。

垣雍城中，夏侯淵帶領著五百騎兵衝了出來，與夏侯惇一起雙戰太史慈，部下五百騎兵也像是一股生力軍，開始向外突圍。

太史慈面對夏侯兄弟的夾擊，起初還應付自如，可沒過幾招，便覺得有些吃力，畢竟夏侯惇、夏侯淵是魏軍的兩員大將，兩人合力攻擊太史慈，自然要比單打獨鬥要更有勝算。

高飛騎在馬背上，透過望遠鏡看著前面的戰場，立刻對身後的魏延喊道：

「文長，速去支援太史慈，務必抵擋住夏侯兄弟的突圍……咦……文遠，你也出戰，魏軍是以梯隊式出戰，曹仁帶兵殺了出去，你去擋住！」

「諾！」

魏延、張遼二將齊聲道，各自舞著大刀策馬而出，帶著身後的幾百騎兵殺了出去。

魏延殺進戰圈，砍死幾個魏軍的騎兵後，馳馬到太史慈的身邊，見太史慈被夏侯惇、夏侯淵逼得十分厲害，急忙揮出一刀，從夏侯淵的背後猛劈了過去，大叫道：「魏延在此，特來討教幾招！」

夏侯淵正配合夏侯惇，和太史慈打得難解難分，忽然聽到背後傳來一聲巨吼，同時感受到一股凌厲的力道從背後劈來，他一個蹬裡藏身躲了過去，從馬肚下面看見魏延凶神惡煞的殺了出來，再度翻身上馬背，手起一刀和魏延鬥在一起。

太史慈少了夏侯淵的威脅，風火鉤天戟頓時恢復昔日威風，開始反攻夏侯惇。夏侯惇的武力不弱，然而面對太史慈的猛烈攻擊，也只有抵擋的份。

曹仁剛帶兵衝了出來，便遇到張遼，兩人一見面便混戰在一起。

此時，垣雍城的東門外混亂不堪，喊殺聲四起，閃電依然在空中閃爍，隆隆的雷聲再次響起，雨點再度淅淅瀝瀝的下了起來。

隨後，曹洪、李典、樂進、于禁、曹休同時帶兵殺出，高飛則讓龐德、褚燕、張郃、盧橫、文聘前去抵擋，讓城門邊的戰鬥亂上加亂，鮮血四濺，肢體亂飛，人畜的屍體一個接一個倒下，喊殺聲在黑夜中發出了沖天的吶喊，戰鬥異常的激烈。

高飛騎在馬背上，映著閃電看向前方混亂的戰場，扭頭問道：「奉孝，魏軍衝得如此猛烈，卻始終沒有看到曹孟德，你可曾看出什麼不同來？」

「屬下以為，**這是曹孟德欲蓋彌彰、聲東擊西之計**。如今我軍主力全部集中在東門，甘寧駐守西門，黃忠在北門，趙雲在南門，曹孟德必然會從南門突圍而出，魏軍在城中的兵力與我軍基本持平，如果曹孟德率領大軍從南門突圍，趙將軍必然會抵擋不住，請主公速下命令，讓甘寧、黃忠馳援南門，主公也率領大軍去南門，這裡交給屬下即可。」郭嘉分析道。

高飛覺得郭嘉此言很有道理，立刻傳令下去，自己留下一千騎兵保護郭嘉，他親自率領大軍奔到南門，支援趙雲。

此時，曹孟德在城中聽到東門外喊殺聲震天，急忙下令道：「打開城門，衝出去！」

一聲令下，城門洞然打開，典韋一馬當先，舞動著雙鐵戟，直接衝出了城門，曹孟德亦在許褚、曹真、夏侯恩、文稷的保護下隨後衝出。

視線。

夜色難辨，然而典韋在黑夜中卻格外的顯眼，一出城門便立刻進入趙雲的視線。

趙雲率領兩千騎兵駐守此處，看到一個白髮的人騎著馬衝了出來，想都不用想，就知道那人是典韋，一想起之前被典韋裝瘋賣傻給騙得很慘的事，就不禁火冒三丈，挺起手中的望月槍拍馬而出，迎上典韋。

「殺！」趙雲叫道，身後的騎兵立即前去堵門，將魏軍堵在門口。

典韋一夜白頭，像極了戰國時的伍子胥。

典韋見趙雲挺槍刺了過來，便和趙雲戰在一起，他心裡很清楚，趙雲的武力不在他之下，他必須想方設法的纏住趙雲，這樣的話，曹孟德在許褚等人的保護下，才有更大的突圍機會。

「鬼厲！這次說什麼我也不會讓你再逃走了，今日不是你死，就是我亡！」趙雲和典韋廝打在一起，槍戟來往不斷，像是兩個仇恨千年的人，一見面就要拼出個死活來。

典韋嘴角露出笑容，道：「有子龍這樣的好對手，典韋絕不退縮。我也有此意，正好會會燕國五虎之首有多厲害。來吧！」

趙雲的憤怒正中典韋的下懷，話音一落，兩人便展開了激烈的廝殺，兵器的碰撞聲一直沒有停過。

這時，曹孟德舞著倚天劍殺了出來，許褚護衛在他的左右，曹真、夏侯恩、文稷帶著士兵也衝了出來，眾人見到典韋正在迎戰趙雲，立刻展開了衝刺。

許褚揮舞著古月刀，遇佛殺佛，遇鬼殺鬼，猶如一把利刃，直接切開燕軍的堵截。

正當他快要衝出去的時候，忽然見到甘寧殺了出來，一股騎兵從西門那裡轉到了南門，又將缺口給堵上了。

甘寧揮著一口大環刀，立刻抵擋住了許褚，大喝道：「甘寧在此，敵將休得猖狂。」

與此同時，高飛帶著大軍也奔了過來，見到南門邊的混戰，立刻指揮士兵掩殺了過去，將魏軍堵在南門前。

曹孟德見高飛、甘寧突然率部增援，便意識到**自己的突圍計畫又一次失策了**，但是事情已經到了這個地步，再也沒有迴旋的餘地，如果不全力衝殺出去，只怕會在城中被圍困致死。

「將士們，隨我一起衝出重圍！」

曹孟德向前揮動倚天劍，盔甲被雨水拍打著，胯下騎著的仍舊是那匹絕影馬。

絕影馬在沼澤地受到毒蛇的危害，果斷地逃走了，但是牠畢竟離不開主人，是以尋著曹孟德的足跡再一次回到垣雍城，為此，曹孟德還高興了許久。

絕影馬乃是大宛名馬，曹孟德以重金購得，奔跑如風，不見影蹤，故名絕影。

他騎在絕影的背上，舉著倚天劍殺了出去，曹真、夏侯恩、文稷護衛在曹孟德的左右，卻因為絕影跑得太快沒有跟上。

天空中閃電仍舊在不停地閃著，高飛映著閃電的光亮，挺著遊龍槍便殺了進去，看見曹孟德在前方不遠處，一條槍接連刺殺出一條血路，朝著曹孟德逼了過去。

兩年了，整整兩年，高飛不曾親自上戰場，在對付馬超的時候，他也沒有衝在最前面，因為他知道自己不是馬超的對手。可是這次不一樣，他騎著烏雲踏雪馬，一馬當先的衝在最前，看準了曹孟德的所在之處，誓要取下曹孟德的人頭。

趙雲截住典韋，甘寧截住許褚，這兩員魏軍的大將均無法脫身，見曹孟德和高飛就要碰頭火併，不禁都擔心起來，奈何敵將攻擊甚猛，一時間難以抽身，也只能在心裡默默地為曹孟德祈禱。

高飛接連刺死了三個魏軍騎兵，遊龍槍在他的手中舞動得如同一條巨龍，龍蟠虎躍之間，槍尖直指曹孟德。

曹孟德舉著倚天劍，見面前寒光一閃，急忙舉劍格擋。

「錚！」

一聲劇烈的響聲在曹孟德的耳邊響起，他握著倚天劍的手微微有些發麻，顫抖的劍身不時發出嗡鳴，可以想像得出高飛那一槍的巨大威力。

曹操勒住座下絕影，朝後退了一兩步，和高飛對視而望，眼裡充滿了複雜的情緒。

這一刻，時間彷彿靜止。

他看著高飛，昔日那個在西涼戰場上結識的少年似乎變了模樣，臉上飽含著滄桑，臉頰上也多了一道傷痕，**兄弟、朋友、知己、敵人，一時間全糅合在一起，讓他的心情洶湧澎湃。**

「孟德兄，別來無恙？」

高飛也用同樣的眼神注視著曹操，對他而言，這一刻是他期待已久卻又不敢面對的。**昔日情同手足的兄弟，一瞬間變成了死敵**，即使是在萬軍之中見面，也會生出一番感慨，這是人之常情，高飛也不例外。

「沒想到，我們之間終究還是到了這個地步。」曹操嘆了口氣，遺憾地道。

兩軍的士兵仍在不停地混戰，唯獨給高飛和曹操留出了一個很大的空隙，沒人敢近前，就像約好了一樣。

「早晚都會有這麼一天，只是沒想到會來得那麼快。孟德兄，你已經被團團包圍了，就連青州、徐州也將要失去，燕軍的旗幟很快便會插遍魏國的城池，你大勢已去，請不要做無謂的抵抗，不如束手就擒，歸降於我，我自然會好好的待你。」高飛橫槍在胸前，眼神凌厲，直言無諱地道。

曹操聽後，冷笑一聲道：「我乃亂世奸雄，難道子羽賢弟不怕我歸順你是暫時的，以後再伺機而動嗎？」

「怕！但是你確實是個雄才大略的人，你今時的所迫，純是無奈之舉，如果你肯投降於我，咱們以後還是兄弟，當然我也會防著你。」

曹操握緊了倚天劍，向前做了一個劈勢，笑道：「與其被人像賊一樣的防著，卑躬屈膝的活著，倒不如壯烈的死去，我曹孟德能夠死在賢弟的手上，此生無悔。賢弟不必費口舌了，請出招吧，今晚，我定要和賢弟一較高下。」

高飛道：「孟德兄，你我都是明白人，若單打獨鬥，你未必是我的對手，不如束手就擒，我保證你的族人不會受到一絲的侵擾。」

「男子漢大丈夫，當提三尺劍，立於天地之間，即使不能成就一番王霸之業，也要死得轟轟烈烈。太史令曾言：『人固有一死，或重於泰山，或輕於鴻毛』，放眼天下，能夠當我曹孟德對手的，也只有你高子羽了，能敗在你的手上，我曹孟德雖敗猶榮。」

曹操這次是豁出去了，耳邊還響著慘烈的叫聲，卻絲毫影響不到他的決定。

高飛知道曹操沒有降意，也不再廢話了。再說，**如果真的把曹操給招降了，他又該如何處置曹操，放在何處？**曹操不同於其他人，這個人野心十足，文武雙全，確實是個棘手的人，**除了死，他想不出給予曹操什麼好的位置。**

高飛抖擻了一下精神，緊握遊龍槍，將馬向後退了一段路，然後雙腿用力一夾，「駕」的一聲大喝，便縱馬挺槍朝曹操刺了過去。

曹操早有準備，倚天劍一經和高飛接觸，劍法便迅速的舞動起來，和高飛近身之後，倚天劍才有發揮的餘地，劍影婆娑，寒光閃閃，劍招一氣呵成，絲毫沒有半點破綻。

高飛時而格擋，時而進攻，與曹操捉對廝打差不多十招後，他感到曹操的劍法比最初遇見的時候要提升不少。

「看來，這幾年曹孟德並沒有忘記自身的武藝，劍意綿綿，連貫不絕，大開大闔，頗有一派威嚴。」高飛心裡暗道。

又過了五招，高飛一直處於被動地位，不是他不想反攻，而是就算他反攻，也沒法讓曹操一招斃命。與其採取主動，倒不如被動，先觀察曹操的劍法之後，再尋求破綻。

果然，當兩個人鬥到二十招後，曹操的氣力略微不足，開始有些喘了，就連攻擊的速度也慢了下來。

高飛看準了這個機會，遊龍槍猛然出手，使出當年王越在皇宮內傳授給他的遊龍槍法的最後幾招，展開凌厲的攻勢，逼得曹操只有招架的份。

突然，寒光在曹操的面前閃過，一道血紅濺了出來，曹操的肩膀上立刻多了一處傷口，正中他的肩窩。

「大王……」典韋、許褚看到曹操中了高飛一槍，咆哮起來。

曹真、夏侯恩、文稷急忙從別處殺了過來，想去支援曹操，哪知一口大刀突然橫在三人的面前，黃忠縱馬殺了出去，擋住曹真、夏侯恩、文稷，以一敵三，刀法凌厲凶猛，反將曹真、夏侯恩、文稷三人逼退。

高飛刺了曹操一槍，曹操的左臂疼痛難忍，鮮血冒了出來，染紅整條手臂，立即被雨水給沖刷得一乾二淨。

曹操咬著牙，右手握住倚天劍，越顯吃力，面對高飛的又一輪攻擊，只有招架的份。

高飛的攻擊越發強烈，見曹操抵擋得很吃力，一槍虛刺過去，曹操舉劍遮擋時，遊龍槍立刻變招，反朝曹操肋下攻擊過去。

曹操見狀，大吃一驚，瞪大了眼睛，卻無法躲閃。

眼看高飛的遊龍槍就要刺中自己的身體，在這電光火石之間，一根手戟從遠處飛了過來，撞在高飛的遊龍槍槍尖上，力道驚人，發出「噹」一聲巨響，遊龍槍偏離了原來的軌道，槍尖剛好從曹操的腰部擦了過去。

曹操虛驚一場，急忙策馬回城，一溜煙鑽進人群裡，不再出來了。

高飛順著飛戟的方向看去，但見典韋舞動著雙鐵戟和趙雲酣戰在一起，典韋虎目怒瞋，渾身青筋爆起，目光一直惡狠狠地盯著自己。

他對典韋的武藝十分的佩服，沒想到在趙雲的攻擊下，典韋還有空抽出手戟，救了曹操一命。

但仔細一看，典韋的小腹已經中了趙雲一槍，正在汩汩的向外冒著鮮血，他可以猜測得到，應該是典韋為了救曹操一命，被趙雲看出破綻，才刺中了身體。

「仲康，不可戀戰，速速回城保護大王！」

典韋的臉上沒有一絲疼痛的表情，依然握著雙鐵戟，在和趙雲苦鬥。

「韋哥，你自己小心！」許褚說著，便用古月刀胡亂砍了一陣，逼開甘寧後，策馬回城。

「典韋，你若投降，必然會受到重用，魏軍大勢已去，不如投到我主公帳下。」

趙雲剛才在典韋分心時討了一槍的便宜，他再次對典韋提出收降的意思。

「請勿多言，某只忠於魏王一人！」

趙雲見沒有希望了，笑道：「既然如此，那咱們就在這裡分出勝負吧，讓你知道，我趙子龍絕非浪得虛名！」

「能與燕國五虎之首一決高下，典某求之不得！」

第二章

巔峰之戰

趙雲抖擻了下精神，衝破前面的雨簾，朝典韋飛奔而去。

典韋見他滿身鬥志，嘴角浮現一絲笑容，笑道：「這正是我所需要的⋯⋯」

話音一落，典韋舞著雙戟也迎了上去，一場巔峰的對決，就此在狂風暴雨中拉開了序幕⋯⋯

典韋見突圍的騎兵再次退入城中，周圍遍地屍體，早已分不清是燕軍的還是魏軍的，他徐徐地退到了城門邊，帶著身後的兩百餘騎兵，將城門堵得水泄不通。

大雨依然在下著，地上有許多積水，混合著鮮血，形成一股紅色的支流，向柳子河流淌過去。

典韋環視一圈，見高飛領著趙雲、甘寧、黃忠等人堵在城門口，心想燕軍的反應速度也太快了。他撕下衣服的一角，纏在受傷的腹部，止住向外流的鮮血，臉上沒有一點痛苦的表情，或者說，他對這種感覺早已經麻木。

「大王，就讓典韋為你盡最後的一點力吧。」

典韋抱著必死的決心，和身後的兩百名騎兵牢牢地堵在門洞裡，並不撤退。因為他知道，一旦撤退，燕軍就會順勢殺入城中。

此時，他見甘寧、黃忠都在，知道北門、西門沒人把守，以曹操的聰慧，必然會想到從另外兩門突圍出去，**所以他不能退，只能死守**。

「刷刷！」典韋纏好自己的傷口後，舉著雙鐵戟用力的揮舞了一下，虎目怒嗔，看著正前方的高飛，朗聲道：「高子羽！有我在，你休想再傷害我家大王一根寒毛！」

雨滴劈哩啪啦的打在高飛的臉上，他和典韋之間有著幾十米的距離，他看到滿頭白髮的典韋，不覺想起典韋裝瘋賣傻的事來，心裡充滿了怒意，眼裡也透出了殺機。

他對趙雲道：「子龍，典韋交給你了！如果沒有取下典韋的首級，別回來見我！」說完，調轉馬頭，向甘寧、黃忠喊道：「跟我來！」

典韋見高飛帶著甘寧、黃忠和許多騎兵朝西門走了，心道不好，急忙叫道：「高飛！你個沒種的混蛋，有本事和我單打獨鬥，不要整天像個烏龜一樣，一直縮著頭！」

高飛雖然聽到典韋的話，可是他沒有理會。第一，他的目標不是典韋，而是曹操，典韋不過是個武夫，**曹操才是心腹大患**。第二，他有自知之明，他打不過典韋，如果和典韋對決的話，很可能會喪命，有趙雲一人足矣。

典韋的話像是石沉大海，沒有得到一點回音，馬蹄聲滾滾而去，逐漸消失在夜色中。

「無膽匪類！」典韋憤怒不已，可是他也不能抽身離開，與高飛相比，他的面前站著的是一個大敵。

趙雲橫槍立馬，策馬朝前走了幾步，畢恭畢敬的朝典韋拱了下手，道：「鬼厲，**我再問你最後一句，你真的不願意投降嗎？**」

典韋冷笑道：「趙子龍，很感謝你之前對我的照顧，你是一個值得交的朋友，可惜我們各為其主，有道是，道不同不相為謀。我典韋一生佩服的人十分罕見，但是你卻算一個。來吧！」

趙雲見典韋是抱著必死的決心與他一戰，他也不敢有所怠慢。自討伐董卓時，在虎牢關外見到典韋和呂布的對決，他就知道典韋以後會是一個很強勁的對手。自呂布死後，天下似乎再也沒有人能壓制得住典韋，這一頭來自山林中的猛獸，彷彿成了這個世上最為孤寂的人，高處不勝寒的滋味，他也能夠理解。

他看到典韋，像是看到自己，自從跟隨高飛以來，他一直忠心耿耿。不同的是，高飛帳下猛將如雲，每一個人都在極力的表現自己，只有他，不爭強好勝，低調做人，所以至今沒有什麼出色的表現。

不知為何，他似乎感覺到高飛的用心良苦，**高飛故意將典韋留給自己，是想讓他殺掉典韋借此踏上一個新的高度**。

英雄惜英雄，每一個在這個時代活躍的人，都是一個可歌可泣的英雄。趙雲如此，典韋也是如此。論武力，趙雲一點都不亞於任何人，最遺憾的是從來沒有和天下無雙的呂布單打獨鬥過。

這一戰，趙雲已經做好了充分的準備，必須全力而戰。

趙雲抖擻了下精神，緊握著望月槍，衝破前面的雨簾，朝典韋飛奔而去。

典韋見他滿身鬥志，嘴角浮現一絲笑容，笑道：「這正是我所需要的……」

話音一落，典韋舞著雙戟也迎了上去，**一場巔峰的對決，就此在狂風暴雨中拉開了序幕……**

垣雍城裡。

曹操身中一槍，包紮後才止住血，回頭望見許褚、曹真、夏侯恩、文稷都退了回來，唯獨不見典韋，便問道：「典韋呢？」

許褚沉著臉答道：「韋哥堵住了城門，正在與燕將趙雲決戰，讓我保護大王從別處突圍。」

「去把典韋給我叫回來！」

曹操對於典韋的愛惜，遠遠超過許褚，只因這個被他譽為古之惡來的人，和他已經超越了主僕的關係，他視典韋為摯友。

「我去！」夏侯恩欣然領命，丟掉手中的腰刀，從背後拔出一直背在背上從未使用過的青釭劍，調轉馬頭，獨自一人便朝南門奔馳過去。

曹真見狀，建議道：「大王，甘寧、黃忠都增援了南門，那麼西門和北門必然空虛，我們不如從北門突圍，只要出了城，再迂迴到東門接應夏侯將軍他們，必然能擊退東門的燕軍，殺燕軍一個措手不及！」

許褚道：「大王，曹子丹說得極有道理，韋哥武藝超群，勇猛無匹，不會有什麼事情的，再說，韋哥如此做，也是為了讓大王突圍，只要大王突圍成功，韋哥自會離開。」

曹操搖搖頭，道：「不，高飛不是傻子，此時必然會帶著士兵去堵西門和北門，與其曲線迂迴，不如直線進攻。全軍聽令，隨我一起從東門殺出！」

話音一落，曹操帶著許褚、曹真、文稷等人以及所有城中的步騎兵，一股腦的朝東門殺了出去。

垣雍城的東門外，夏侯惇、夏侯淵、曹仁、曹洪、曹休、李典、樂進、于禁八將，和燕軍的太史慈、張遼、張郃、龐德、魏延、文聘、褚燕、盧橫八將正纏鬥在一起。

兩軍騎兵也鬥得異常激烈，地上的積水早被鮮血染紅，人畜的屍體遍地都是，真正是血流成河，屍體如山，雙方一共八千人，經過半個時辰的混戰後，銳減到兩千多，戰鬥的激烈程度可想而知。

電閃雷鳴，腥風血雨。

十六個將軍各自帶著自己的部下往來衝殺，起初還是單打獨鬥，由於人員的流動，時而群毆一個人，時而被一群人圍毆。

在這種情況下，兩軍除了靠著軍裝不同來分辨對手外，其他的都毫無意義，何況是在這樣的一個漆黑的夜晚，閃電的光亮只是一閃即逝，所以十六個人都不同程度受傷了，但是都忍著身上的疼痛，奮勇而戰。

突然，許褚一馬當先的從城中殺了出去，咆哮著喝道：「都閃開，擋我者死！」

曹真、文稷帶領著騎兵緊隨其後，猶如一把尖刀，直接將混戰中的人群全部衝開。

夜色難辨，已經管不了那麼多了，有不少魏軍士兵被這突如其來的力量衝撞下馬，慘死在自己人的手裡。

曹操此時偽裝成一個士兵，夾在曹真、文稷的中間，許褚在前面開路，在三人的護衛下衝出了重圍，馬不停蹄的朝柳子河而去。

這時，城門邊一個穿著曹操盔甲的人出現，一道閃電剛好照亮夜空，太史慈正和夏侯惇打得難解難分時，忽然看見「曹操」的身影，急忙叫道：「曹操！是曹操，休要走了曹操！」

此話一出，太史慈的風火鉤天戟頓時變招，一連串的凌厲攻擊刺向夏侯惇，將夏侯惇給活生生的避開了，自己則扭轉馬頭，朝著「曹操」便衝了過去。

與此同時，張郃、龐德、魏延紛紛捨棄了正在與他們戰鬥的曹仁、曹洪、夏侯淵，一起朝著「曹操」衝了過去，和太史慈一起，如同四把尖刀，殺出四條血路，逼近「曹操」。

「曹操」見燕軍四員猛將一起來殺自己，頓時驚慌失措，急忙調轉馬頭，可是還沒有等他跑開，四把不同的兵器幾乎在同一時間刺進了他的體內。他慘叫一聲，立刻墜馬身亡！

「曹操死了！魏軍敗了！」

太史慈止不住喜悅的心情，儘管手臂上血還在流淌著，高興地喊道。

混戰中的魏軍聽到這個噩耗，信以為真，化悲憤為力量，立即高呼道：「替大王報仇！」

聲音一出，魏軍將士個個如同虎狼一般奮勇殺敵，驍勇異常。

突然，許褚策馬奔馳回來，大聲喊道：「大王已經突圍，眾將迅速撤離此地！」

眾將聽出了是許褚的聲音，心想許褚絕對不會說謊，曹操也不可能輕易陣亡，便紛紛向外突圍。

面對魏軍的突圍，曹操的死而復生，讓魏軍的將士有了更大的動力，被圍困的魏軍將士置之死地而後生，開始沒命的向外突圍。

太史慈、張郃、龐德、魏延四個剛好聚集在城中，突然遭受如洪水般的攻擊，四人很是無奈，不得已退出城門，散在兩邊，配合著自己的部下在兩邊掩殺。

夏侯惇、夏侯淵、曹仁、曹洪先帶著人衝破了張遼、文聘、褚燕、盧橫的防線，撕開的口子越變越大，張遼等人根本無法阻止，也只能於道路邊掩殺。

正當燕軍顯得有點力不從心的時候，高飛帶著甘寧、黃忠及許多騎兵從北門轉了過來，看到這種情況，立刻加入圍追堵截。

曹休、李典、樂進、于禁奮力殺出重圍，可是餘下的士兵都被燕軍包圍住了，高飛、甘寧、黃忠的這股生力軍一到，態勢立刻發生轉變，又將魏軍給逼進了城裡。

柳子河沿岸，郭嘉帶領的一千騎兵雖然沒能擋住曹操、許褚、曹真、文稷的突圍，卻攔下了夏侯惇、夏侯淵等人。

一陣混戰後，將夏侯惇、夏侯淵等人帶領的騎兵殺得所剩無幾，雖然八個魏將都衝出了重圍，但是他們也傷亡慘重。

高飛見堵住了突圍的魏軍，便急忙喊道：「黃忠、張遼、張郃、魏延，帶領五千精騎都跟我來，不追上曹操，誓不甘休。」

「諾！」

高飛策馬來到郭嘉的面前，眼裡透著無比的殺意，朗聲說道：「奉孝，此處交給你了，如果敵軍不降的話，全部誅殺，一個不留！」

郭嘉道：「諾！」

話音一落，高飛帶著黃忠、張遼、張郃、魏延四將便急速的追了過去。

越過柳子河，跨進那片叢林，雖然速度因此受到了阻礙，但是在相同的地形上，魏軍也好不到哪裡去。

此時此刻，趙雲和典韋正在酣鬥不止。

夏侯恩早早地來到城門邊，看見典韋在那裡和趙雲血戰，他拿著青釭劍來到隊伍的最前面，當即喊道：「典將軍，大王有令，讓你速速撤退！」

典韋正在血戰趙雲，聽到夏侯恩在後面叫喊，他全當沒有聽見，此種境地，已經容不得他有半點分心。高手過招，稍縱即逝的分心就會導致慘敗，再說，有趙雲在，他也難以脫身。

夏侯恩見到典韋和趙雲打得難解難分，叫完一聲後，竟然站在那裡看得驚呆了。

他從未看到過如此精彩的戰鬥，雖然是黑夜中，但是兵器摩擦出來的火花十分的炫目，只要用力看，還是能夠看清兩個人影在對決。

雷陣雨漸漸收住，烏雲散去，一輪彎月顯現在天空中，銀白色的月光照射在大地上，趙雲和典韋的對決逐漸變得清晰可見。

望月槍映月生輝，折射出點點寒光，通體銀蛇的長槍在典韋身體周圍飄忽不定。黑色的雙鐵戟所舞動的招式，也如同兩條出閘的猛虎，與那銀色扭動如同巨龍的長槍混戰在一起，讓旁觀者彷彿看到了一條**巨龍鬥雙虎**的場面。

夏侯恩見典韋沒有半點退意，瞅了一個時機，帶著青釭劍便悄然無息的離開了垣雍城，好在圍觀的人都癡迷的看著典韋和趙雲的決戰，否則他不會那麼輕易的逃走。

二人已經酣鬥了五十回合，都顯得有些疲憊，高手過招，耗費的體力尤為厲害，每一招都是致命的殺招，只有如此，才能一招定勝負。

圍觀的人都看得驚呆不已，這種曠世大戰，可遇不可求，能看到這樣一場巔峰之戰，實屬畢生的榮幸。

趙雲和典韋又相互纏鬥了四十多回合，期間連續換了四匹戰馬，一直鬥到東方露出了魚肚白還沒有分出勝負。

垣雍城裡早已結束了戰鬥，郭嘉指揮著眾將，將不願意投降的六千名魏軍全部殺死在垣雍城裡，屍體堆積如山，血流成河。

郭嘉留下一些人打掃戰場，聽說趙雲和典韋在那邊混戰，便立刻帶著將士轉悠了過去，看到南門的門洞中站著二百多魏軍騎兵，二話不說，立刻派出太史慈、甘寧、龐德、文聘從後面襲殺過去。

解決完城門邊的二百多魏軍士兵後，郭嘉帶著眾將領堵在城門口，便見趙雲和典韋的惡鬥，趙雲白馬銀槍，典韋白髮黑戟，胯下是一匹黃驃馬，在空地上往來衝突。

「錚！」

第一百個回合鬥完，趙雲和典韋都是氣喘吁吁，大口喘著粗氣，暫時分開，兩人的眼中都是佩服的神情。

「一百個回合了，居然勝負未分，自從呂布死後，你還是頭一個和我鬥到如此境界的人。趙子龍，我之前小看你了。」

典韋喘著粗氣，半趴在馬背上，看著趙雲，嘴角露出一絲笑容。

趙雲也氣喘吁吁的，但是相比於典韋，他還是占著很大的便宜，因為典韋的腹部受傷，一有劇烈的運動就會滲出血來。

他看著典韋被鮮血染紅的衣服，叫道：「如果你願意的話，我可以保舉你做……」

「趙子龍，你的好意我心領了，只是，我既然選擇了魏王，就應該有始有終。你是一個好的對手，也是一個好的戰將，今日能與你鬥到此處，我已經心滿意足。不過，你我之間，應該要分出個勝負，不是嗎？」

趙雲點點頭，深吸了口氣，調整一下氣息，抖擻了下精神，將腰板挺直，橫槍立馬，目光中充滿了殺意，對典韋說道：「那麼，**一招定勝負吧！**」

典韋看到趙雲的樣子，心中不禁一怔，暗道：「我一直以為他羸弱不堪，沒想到如此單薄的身體卻有這麼好的體力，從之前和他對戰的情況來看，他一直沒有使出真本事，看來，他還留了一手。我若不受傷，也未必是他對手。**此人功夫高深莫測，似乎已經達到當年呂布的程度，可是為什麼他不一早就使出全力而戰呢？**」

想了好久，典韋始終沒有想通，記起趙雲之前說的話來，趙雲說他理解自己高處不勝寒的感覺，腦海中忽然閃過一個念想，道：

「難道說，**他不用真本事和我戰鬥，只是因為我還沒有達到將他逼迫成用真本事的境界嗎**？如果真是這樣，那這個人太可怕了！可惜未曾見到他與呂布一戰，**我死之後，不知道天下還有幾人能成為他的對手**？馬超、張飛、關羽、還是許褚？如果呂布復生，我真想親眼目睹一下此二人的戰鬥。好一個常山趙子龍，原來他一直是深藏不露……」

趙雲在等待著，眾位將領也在等著，此刻，時間彷彿靜止了一樣，圍觀的人中，有不少爭強好勝的人，太史慈如此，甘寧也是如此，龐德也不例外，可是此刻他們都靜靜地站在那裡，目睹著趙雲和典韋的對決。

白天不懂夜的黑，寂寞的高手更加讓人難以理解。昔日呂布如此，今日典韋如此，以後趙雲更是如此。

當人處在武道最巔峰的時候，感受到的是無比的寂寞，因為天下再沒有人是你的對手。

正因為這個原因，趙雲一直在保留自己的實力，或者說，從一開始，他就知道自己必然能夠殺掉典韋，為了滿足典韋死前最後一場酣暢淋漓的戰鬥，他才拖了那麼久。

他不想典韋死，因為典韋死了，能與他成為對手的人就少了一個，他的人生樂趣也會失去一點。所以，他一直想招降典韋。

他靜靜地等在那裡，等待典韋逐漸調整氣息後，才緩緩說道：「鬼厲，自呂布死後，你是第一個逼我使出全力的人，你還有什麼遺言嗎？」

典韋笑了笑，他依稀記得，那是在他的老家陳留己吾，睢陽李永和自己結仇，他懷揣匕首，扮成侍從格殺李永，李永家在鬧市，那天他手上提著刀走出李永家，殺人帶血的樣子把所有人都驚呆了。數百人來追捕他，可是他刀上的殺氣震住了所有人，幾百人無一人敢上前阻止。

可是今天，**他已擊倒幾百人，敵人竟還像潮水一樣向他湧來，將他完全包圍住。殺人到底要殺到幾時？**

他累了，身心疲憊，徹徹底底的累了。

「仲康，好好的保護大王，我已經很累了，以後再也不能和你把酒言歡了……」典韋在心裡默默地想道。

「我唯一放不下的，就是我三歲的兒子典滿，他還在陳留己吾，如果可以的話，我希望他不受到任何打擾，安心的在家種地，不要再過這種打打殺殺的日子，你……能在我死後照顧好他嗎？」

典韋想了許久後，終於開口了。

趙雲點點頭，承諾道：「我答應你。」

「謝謝！」

典韋話音一落，舉著雙鐵戟，「駕」的一聲大喝，便朝著趙雲飛奔過去。趙雲緊握著望月槍，策馬狂奔，也同樣朝著典韋衝了過去。

「錚！」一聲巨響後，雙鐵戟斷裂開來，四截斷戟飛向空中，在空中轉了許多圈才掉下來，直接沒入被鮮血染透的黃沙之中，無跡可尋。

趙雲騎著白馬，將長槍插在地上，翻身下馬，走到典韋的屍體前，親手抱起典韋的屍體，朝垣雍城西走去，漸漸地消失在眾人的視線當中……

高飛帶著黃忠、張遼、張郃、魏延以及五千精騎追著曹操而出，好不容易追出那片樹林，剛進入官道上，左邊殺出史渙，右邊殺出了韓浩，徐庶領著李通和許多弓弩手擋住了去路。

「放箭！」徐庶一聲令下，萬箭齊發。

高飛見狀，急忙下令撤退，重新退回樹林裡，有幾百騎兵死在魏軍的亂箭之下。

徐庶見高飛退回，高聲喊道：「窮寇莫追，原來燕侯不懂這個道理？我家大王雖然在垣雍城慘敗，但是有我在，一樣能阻止你。請燕侯速速退回，就此罷兵，不然的話，我帶兵回殺，定然殺燕軍一個片甲不留！」

高飛環視背後激戰了一夜的將士們，見眾人都疲憊不堪，而徐庶的部下雖然是步兵，但是人多勢眾，是一股不折不扣的生力軍，如果強行戰鬥的話，必然會吃虧，無奈之下，憤恨地道：「可惡，讓曹操跑了！全軍撤退！」

燕軍撤退，徐庶也不去追擊，對他來說，回到牛家屯的魏軍大營最為主要，魏軍的精銳幾乎殆盡，七萬大軍只剩下三萬步兵，形勢如何，徐庶自當瞭解。於是，在看著燕軍退軍之後，徐庶也開始徐徐而退。

距離徐庶所在三十里外的一處高崗上，狼狽不堪的曹操正大口喘著粗氣，身邊圍繞著八百多從垣雍城脫困的騎兵，所有戰將也都受了不同程度的傷。

看到這種境況，曹操只覺得自己的心像是讓重錘錘擊了一樣，加上夏侯離、典韋至今未歸，讓他內心壓抑非常。

「大王……大王……」

夏侯恩背著青釭劍，從高崗的後面跑了過來，一見到曹操，立刻跪倒在曹操的面前，朗聲道：「啟稟大王，屬下在回來的路上聽說夏侯離被張郃俘虜了，而典韋將軍正在和趙雲酣鬥，極難脫身，現在只怕……」

「不會的！韋哥功夫高強，絕對不會有事的，大王，我去把韋哥找回來……」許褚聽後，立刻轉身便要走。

「仲康！」曹操皺著眉頭，心裡難受極了，對於夏侯離這個養女倒是並不在意，他最在意的是典韋，聽到夏侯恩說起典韋的狀況，他已經猜出結果了，只怕典韋凶多吉少。

許褚被曹操喝住了，眼中變得濕潤起來，一股兄弟的情誼擠滿了腦殼。有道是男兒有淚不輕彈，只是未到傷心處，只要到了傷心處，再堅強的男人也會哭出來。

許褚哭了，兩行淚順著臉頰滾落下來，歇斯底里的一聲巨吼，將所有的憤恨都發洩了出來，同時大叫道：「韋哥！為什麼你要這樣做！」

魏軍之中，最瞭解典韋的，莫過於兩個人，一個是曹操，另外一個就是許褚。**他們兩個對視那一瞬間，彷彿就能明白典韋身亡的事實。**

曹操也是滿含熱淚，只是，他沒有像許褚那樣發洩出來，而是深深地埋在心裡。

夏侯惇、夏侯淵、曹仁、曹洪、李典、樂進、于禁、曹休、曹真、夏侯恩、文稷等將領都圍在曹操的周圍，眾人的臉上都是沒落的神情，其餘的騎兵也都哀傷不已。

良久，眾人都沉浸在痛失戰友的悲傷之中，許多人不知不覺的落下兩行淚，混著身上的鮮血，滴淌在地上。

「都不許哭！此仇不報，我曹孟德誓不為人！你們都給我記住，**從今以後，燕軍就是我魏國的頭號死敵！**」曹操拔出倚天劍，對天厲聲說道。

眾人聽後，都把眼淚抹乾，擦掉淚痕，恨不得這就殺回去。

「得得得……」

一匹快馬急速的奔來，馬背上馱著一個穿著勁裝的人，那人看見高崗上的殘軍，見曹操立在正中，急忙滾鞍下馬，跪倒在曹操的面前，慌張地說道：

「大……大王……昌邑……昌邑被燕軍攻破，青州、徐州盡皆丟失……」

「你說什麼？」

曹操簡直不敢相信自己的耳朵，**昨夜才聽說賈詡率兵襲取了半個青州，怎麼一夜之間，青州、徐州丟失，就連昌邑也被攻破了？**

跪在曹操面前的人是治軍從事毛玠，他向來為人持重，雖然武勇不足以擔任衝鋒陷陣的將軍，但是在處理內政上十分得心應手，是以曹操便讓他做了治軍從事，專門負責後勤運輸，保障大軍糧草。

毛玠任職期間，也沒少幹實事，並且向曹操提出屯田的建議，均被曹操採納，維持住了曹操在兗州的根基，不至於使得兗州鬧饑荒。

「大王，此事千真萬確。荀相國已經將大王家眷安全送到陳留，昌邑的豪族富紳都向南逃逸。曹純將軍接到斥候來報，已經飛馳陳留去了，相國大人目前正率軍駐守定陶，堵住了燕軍西進的道路。」毛玠慌裡慌張地說道。

「怎麼會這樣？一夜之間，燕軍怎麼可能急行數百里突破沿途郡縣攻克昌邑？」曹操感到匪夷所思。

毛玠道：「賈詡率領十萬燕軍進攻青州，以韓猛、臧霸為左右先鋒，將朱靈圍在了濟南城內，卻圍而不攻，虛張聲勢。暗中卻派遣韓猛直撲東郡，張南攻濟北郡，臧霸攻泰山郡，夏侯蘭攻樂安郡，四郡突然遭受攻擊，措手不及，加上城中兵力不足，太守棄城而逃。

「臧霸占領泰山郡後，派遣孫觀、吳敦、尹禮襲取周圍郡縣，臧霸則帶來騎兵急行至徐州，徐州百姓聽聞燕軍攻打過來了，盡皆發起暴動，以前投降的徐州將士更是公然反叛，整個徐州頓時失控，相國大人當機立斷，帶來親隨逃走，回到昌邑後，正遇見韓猛從東郡南下，直撲昌邑……」

還沒有聽完毛玠的話語，曹操登時覺得頭疼欲裂，雙手捂住頭，「啊」的一聲慘叫，便昏厥了過去。

「大王……大王……」眾將見了，直接撲向了曹操。

「毛玠！這等大事，你為何非要挑選這個時候稟告？你……你……我殺了你……」曹洪惱羞成怒，看到曹操昏了過去，抽出腰中佩劍，猛地向毛玠頭上劈了過去。

「噹！」曹仁同時抽出長劍，擋下了曹洪的劍，怒道：「子廉不得無禮！」

夏侯淵急忙奪下曹洪的佩劍，將曹洪拉到一邊，強行按倒在地，怒道：「你給我冷靜一點！」

眾人當中，就數曹仁官階最高，出現了這種情況，眾人的目光都移到了曹仁的身上。

曹仁插劍入鞘，環視了一圈，眉頭緊皺道：「燕軍洶洶而來，我軍兵力不足，青州、徐州丟失，我們再打回來，現在應該積蓄力量，先送大王回陳留，等大王醒來了，再做決定。李典、樂進，你們二人留下，在此等候軍師，將事情告訴軍師，請軍師速速做出定奪，兗州乃我大魏根基，必要要奪回來，眾將聽令，都隨我先回牛家屯大營。」

「諾！」

李典、樂進兩個人留了下來，看到曹仁等漸漸遠去，便坐在高崗上，等待著徐庶撤回。

「曼成，這一仗，我們徹底輸了。在官渡的燕軍只是一個誘餌，大王昏厥了過去，不知道何時才能醒，燕軍虎視眈眈，如果消息一傳開，荊州的劉備，揚州的孫堅，不知道會不會突然發難？」樂進擔心的說道。

「如果真是那樣的話，只怕魏國將徹底覆滅！該來的總會來，我們現在只有走一步算一步了。」李典嘆了口氣道。

樂進道：「十萬大軍席捲青州、徐州，朱靈也是凶多吉少，不投降，就是死。**大王率先偷襲燕軍，公然撕破了盟約，到底是對還是錯？**」

李典和樂進是好兄弟，二人一起來投靠曹操的，在曹操的軍隊中也占有舉足輕重的地位，但是說到信任，似乎並沒有曹氏、夏侯氏那麼值得曹操依靠，也正因為如此，兩個人才一直處於不上不下的地位。

兩個人靜靜地坐在那裡，過了好一會兒，見徐庶帶著三萬步兵撤了回來，兩個人便急忙將事情告訴了徐庶。

徐庶聽完，也是感到一陣驚愕，沒想到賈詡會如此厲害。他心裡明白，現在青州、徐州應該是全部淪陷了，**最重要的是保住兗州和豫州**。

「傳令下去，全軍加速前進，務必在天黑之前趕回牛家屯！」

徐庶急了，他必須要和曹操商量一下，如何對付在魏國後方的十萬大軍，而且高飛也肯定會帶著在官渡的大軍東進，如果東西夾擊，那麼兗州必然會陷入苦戰。

傍晚，曹操躺在牛家屯的大營裡，緩緩地睜開了眼睛，抬起一隻手，在空中亂抓，有氣無力的說道：「元直……元直回來了沒有？」

徐庶急忙伸出了手，握住了曹操的手，輕聲說道：「大王，元直在。」

「仲康，取我倚天劍來！」

許褚將倚天劍取了過來，放在了床邊。

曹操道：「把劍給元直。」許褚照辦。

徐庶接住倚天劍後，曹操便說道：「眾將聽令，本王今日將倚天劍賜予元直，見倚天劍如見本王，元直的話就是本王的話，任何人膽敢違抗者，格殺勿論。從現在起，徐元直統帥所有魏國軍隊，眾將都要聽元直號令！」

「諾！」

徐庶聽後，感動不已，說道：「大王……大王待我恩重如山，我必不負大王所托，帶領魏軍走出困境……」

曹操點了點頭，說道：「本王頭疼欲裂，難以忍受，無法臨戰，一切就拜託軍師了。」

「大王放心……」

翻騰著紫紅色的朝霞，撥開淡淡的薄霧，太陽像火球一般出現了，紅光傾瀉下來，向蘇醒的大地投射出萬紫千紅的光芒。

朝陽初升，薄霧散去，溫暖的陽光籠罩在整個垣雍城的上空，這不大的地方，經過一夜的激戰，早已變得千瘡百孔。

經過一夜休整的燕軍士兵，還在不停地將燕軍將士的屍體從屍海中找出來，統一埋進垣雍城西側早已挖掘好的墳墓裡，那些魏軍士兵的屍體，多數都被焚化在城北的大坑裡。

高飛騎著烏雲踏雪馬，緩緩地行走在城池的邊緣，看到忙碌的士兵在打掃著戰場，他的心裡多了幾分悲愴。

「主公，這是剛剛傳來的飛鴿傳書，請主公過目！」一個專門負責收發飛鴿傳書的士兵跑到高飛的面前，手中捧著一張字條，遞給高飛。

高飛接過字條，匆匆流覽了一遍，臉上立刻浮現出一絲喜色，扭頭對那個送信的士兵說道：「傳眾將到柳子河沿岸議事。」便調轉馬頭，策馬向柳子河邊奔馳而去。

高飛到了柳子河沿岸，看著河中清凌凌的水，水裡還有游動的魚兒，便坐在一塊岩石邊，靜靜地等候眾位將軍的到來。

大約一刻鐘後，眾位將領都陸續到來，郭嘉站在高飛的身側，黃忠、太史慈、甘寧、張遼、張郃、魏延、龐德、文聘、褚燕、盧橫都環繞在高飛的身前，唯獨沒有看見趙雲。

「子龍呢？」高飛環視一圈，發現趙雲不在，問道。

眾人面面相覷，都是一臉的茫然。

高飛見黃忠鎮定自若，沒有一絲的好奇，便問道：「黃將軍可曾看見子龍去哪裡了嗎？」

黃忠遲疑片刻，道：「主公，子龍……他身體不適……」

「不對啊，剛才我還看見趙將軍來著，他沒有不對勁啊，怎麼才這麼一會兒時間，就身體不適了……」

太史慈心直口快，話說到一半，見黃忠怒視著自己，彷彿是自己犯了什麼嚴重的錯誤一樣，怔道：「黃將軍，你瞪我幹什麼？」

「咳咳咳……」郭嘉故意咳嗽幾聲，隨即湊在高飛的耳邊，小聲說了一句話。

高飛聽完，臉上沒有任何表情，擺擺手道：「算了，他不來也不要緊。黃將軍，一會兒你將會議的內容傳達給他就好了。現在，開始舉行軍事會議。首先，你們先將這飛鴿傳書傳閱一遍。」

說著，高飛將飛鴿傳書先遞給郭嘉，郭嘉流覽後，臉上也是一片喜色，他將字條傳給身邊的張遼。

待眾將傳閱完畢，所有的人都喜悅異常，一些人更是躁動不安，一致拱手道：「請主公下令吧！」

高飛斜視了郭嘉一眼，問道：「奉孝，你說我軍現在該當如何？」

郭嘉托著下巴想了一會兒，道：「主公，屬下以為，兵貴神速，當即刻發兵，配合總軍師作戰，東西夾擊，魏國必亡！」

高飛又環視了一眼在場的眾位將領，問道：「你們的意思呢？」

「我等附議！」眾將異口同聲地道。

高飛站了起來，雙手背在身後，在原地踱著步子，道：「前夜激戰，我軍傷亡五千多人，目前在垣雍城附近還有兩萬騎兵，雖然昨夜大家都休息了一夜，可大家都沒有得到充分的睡眠，仍舊是人困馬乏……傳令下去，大軍原地休息一日，等荀攸從卷縣縣城帶來援兵和糧草輜重後，再發兵不遲！」

「主公，昨夜咱們已經耽誤了一日，曹操肯定回到牛家屯大營了，如果再耽誤一天，要想抓住曹操就難了。末將懇請主公給我兩千騎兵，我率軍奔襲牛家屯大營，必然將曹操抓來，獻給主公。」魏延貪功心切，自告奮勇道。

「年輕氣盛，沉不住氣，曹操豈是那麼容易就能抓到的?!前夜我軍已經將他圍在垣雍城裡，兩萬五千多人都沒有能夠抓到他，你就兩千人，憑什麼抓他？何況他身邊還有一個虎癡，你能打得過虎癡嗎？」高飛臉色一沉，當眾呵斥道。

魏延支支吾吾的，面上無光，不知道該說什麼好。

高飛的目光分別看向了太史慈、文聘、張郃、龐德、褚燕、甘寧幾個人，見他們的臉上都露出了驕狂之色，而且內心也很浮躁，便教訓道：

「爭強好勝沒有什麼不妥，可是要看用在什麼地方！如今大戰在即，已經不是抓一個曹操就能解決的事了。現在，擺放在大家面前的是一場滅國之戰，我想，你們應該懂得我的意思。」

太史慈、甘寧、張郃、龐德、文聘、褚燕，包括魏延在內，都面面相覷，他們曉得，這是高飛在給他們打預防針，提醒他們不要因為貪圖功勞而做出自損的事來。對他們來說，這無異是一記當頭棒喝，立即打醒了幾個準備進言爭功的人。

黃忠由於年紀較長，為人做事都要比其他人穩重許多；張遼不貪功，不冒進，為人低調，少言寡語，深得高飛的器重；盧横為人精明，跟在高飛身邊也是最久的一個，為人處事和高飛有幾分相似，所以這三個人，高飛並不擔心。當然，對趙雲，他智勇雙全，一身是膽，高飛更不用擔心。

然而甘寧、龐德、褚燕三人勇猛有餘，智略不足，魏延、文聘都還太年輕，難免會有爭強好勝的氣息，暫時不足以擔當大任，這一次對魏國的滅國之戰，高飛準備給他們每個人一個施展才華的機會，所以才會提前說出那樣的話來，以安撫他們那顆焦躁不安的心。

郭嘉見氣氛有點不對，急忙道：「主公，該吃早飯了。」

高飛點點頭，帶著郭嘉頭也不回的走了。眾將也各自散去。

「主公，總軍師已經拿下青州，臧霸攻取了徐州，韓猛也已經攻克昌邑，只有徐晃還未傳來消息，要不要再飛鴿傳書問一問？」郭嘉跟在高飛身後問道。

高飛道：「不用，用人不疑，我既然將西邊的事都交給徐晃，就應該充分的相信他。也真是難為他了，在那樣艱苦的環境下，居然還能夠在邙山裡隱藏長達半個多月。他沒有傳消息來，就說明還沒有開始行動。卞喜那邊可有消息傳來？」

郭嘉道：「暫時沒有。」

「一旦卞喜傳來消息，立刻前來稟告我，馬超退到了虎牢關，如果不退兵的話，我們也有後顧之憂。」

「屬下明白。」

高飛道：「傳令給荀諶，讓他押送俘虜後撤到北鄉，和陳到一起負責糧草事宜，不得有失。」

「諾！」

第三章

函谷險關

函谷關在春秋戰國時代由秦國所建，因在谷中，深險如函，故而得名。函谷關西據高原，東臨絕澗，南接秦嶺，北塞黃河，是古代最早的雄關要塞之一。素有「雙峰高聳大河旁，自古函谷一戰場」之說，自古為兵家必爭之地。

邙山在洛陽北面，黃河南岸，是秦嶺山脈的餘脈，崤山支脈，為黃土丘陵地，是洛陽北面的一道天然屏障，也是軍事上的戰略要地，東西綿亙三百多里，對隱藏的三千士兵來說，簡直不在話下。

翠雲峰上，徐晃站在最高處，手持望遠鏡，極目四望，但見邙山下的山道裡空無一物，連一頭野獸都看不見。

「徐將軍……徐將軍……」廖化從山坡下面跑了上來，一臉興奮地道。

徐晃放下望遠鏡，扭頭問道：「什麼事？」

「秦軍……秦軍的運糧隊伍……」

「哦，在哪裡？」徐晃再次舉起了望遠鏡，從望遠鏡裡搜索著秦軍的蹤跡。

「徐將軍，別看了，末將不會騙你的，周倉還在那邊等著呢，你快點帶人下來，咱們把這批糧食給劫了！」廖化急急地拉著徐晃便朝下面跑。

想想也是，徐晃這一支小分隊足足在邙山裡隱藏了二十三天，他們帶來的口糧早就吃光了，由於怕被敵軍發現，也不敢公然露面渡過黃河，去北岸押運糧草來，而是靠狩獵、打漁、吃野果，才維持這麼久的日子，生存條件那叫一個艱苦啊。

徐晃被廖化拉了下來，道：「元檢，你別急嘛，王文君和高林呢？」

「早就到那邊埋伏好了，就等將軍過去了。」

徐晃一進入邙山，便將三千人分成五撥，這樣就讓自己的目標減小了，每個人率領六百名士兵，平時用信鴿聯繫。

他下了山坡後，到了一片樹林裡，對正在樹林裡休息的士兵喊道：「弟兄們，苦苦等了大半個月，這會兒我們終於可以行動了，帶上你們的兵器和戰甲，全都跟我來，殺出邙山！」

邙山的山道上。

周倉、高林、王文君分別埋伏在道路兩旁，面前是早已準備好的滾石擂木，每個士兵都悄悄地將連弩拿了出來，等候著秦軍運糧隊伍的到來。

徐晃、廖化帶著最後六百人，從另一側的山坡上跑了過來，和周倉匯聚在一起，並且遙見高林、王文君埋伏在對面。

「來的是秦軍的運糧隊伍嗎？」徐晃走到周倉的身邊問道。

周倉點點頭道：「千真萬確是秦軍的運糧隊伍，是我親眼看見的，他們從我的地盤上過來，我一發現他們，便立刻去通知王文君。王文君也跟我一起看過，沒有發現什麼異常。之後，他就說要劫糧，選定在這裡埋伏，最後才讓廖化去通知你的。」

徐晃「嗯」了一聲，說道：「既然是王文君的主意，那肯定錯不了。前幾天要不是因為馬騰帶的人多，不容易下手，也怕打草驚蛇，肯定不會放過他們的。不過，**我想不通，既然馬騰走了，馬超敗了，為什麼還要給虎牢關運糧？**按理說，馬超也應該退回來了啊。」

「我也搞不清楚，不過，這支運糧隊伍只是很小的一批，估計是解燃眉之急的吧，如果我們把這批糧食給劫了，馬超在虎牢關就會斷糧，想不走都難。」周倉興奮道。

「嗯，這話不假……」

徐晃看了一下這裡的地形，發現這是一條狹長的地帶，兩邊高，中間低，而且兩邊的植被很茂密，不易被發現，很適合埋伏。

他看了對面的王文君一眼，見王文君正在給自己打著手勢，便衝王文君點點頭，心道：「這小子和我想到一起去了。」

「周倉，你帶六百人埋伏在這裡，配合對面的高林，一起截斷敵人的歸路，看我信號行動。」徐晃扭臉對周倉道。

「諾！」

「廖化，你帶六百人到前面去，離周倉一里路即可，也看我信號行動。」徐晃又對身邊的廖化說道。

廖化道：「沒問題。」

話音一落，廖化便帶著六百人到前面去了，對面的王文君也開始移動，在指定地點埋伏下來。徐晃自己則帶著六百人，跑到廖化和王文君前面大概離一里路處的地方埋伏著。

不多時，秦軍的運糧隊伍緩緩地駛了過來，由於道路狹窄，只夠一輛運糧車行走，所以秦軍士兵迤邐前進，一千人的秦軍騎兵押運著五百車糧食緩慢地行走在山道中。

徐晃靜靜地觀察著，看到秦軍的運糧隊伍越來越近，緊握住手中的刀，一雙眸子如同惡狼一般緊緊地盯著他們。

押運糧草的只不過是一個秦軍的軍司馬，那軍司馬走在最前面，身邊環繞著幾個親兵，一路走一路抱怨，大多是不喜歡這個差事，嘴裡不停地謾罵著上司。

突然，徐晃清嘯了一聲，帶著五十個人便從山坡上衝了下來，擋住秦軍運糧隊伍，大聲喝道：「此樹是我栽，此路是我開，要想打這過，留下買路財！」

徐晃等人都沒有穿燕軍的軍裝，從他們進入邙山的那一刻起，就一直以山賊的方式出沒在這一帶，加上他臉上那塊胎記，讓他看起來還真和山賊沒有什麼區別。最主要的是徐晃不想暴露自己的身分，用山賊的名頭來打劫，總比用燕軍的稱號聽著自然些。

領頭的秦軍軍司馬先是愣了一下，當他看到徐晃只有五十個人時，便哈哈笑了起來，厲聲說道：「混帳東西，區區五十個人也想學山賊打劫？我看你不想活了是不是，知道這是誰的糧草嗎？是秦王殿下的，識相的快快閃開，如果真餓得慌，就去弘農投軍，那裡有招募兵勇的地方，保證讓你們吃飽飯……」

徐晃實在聽不下去了，再吹響了口哨。

哨音一落，廖化、王文君突然從秦軍運糧隊的中間出現，周倉、高林則推下石頭堵住退路，徐晃的部下也盡皆跑了出來，三千人將秦軍一千人的運糧隊伍牢牢地堵在裡面。

軍司馬一見到這種陣勢，立刻驚慌失措，連座下馬都控制不住，險些跌落馬下。

不光是他，整個秦軍將士都被這陣勢給嚇壞了，他們對這一帶是十分瞭解的，整個京畿之地荒蕪了好幾年，從未聽說過有什麼山賊，平時連個人影都看不見，今天卻突然出現這麼多人，而且個個手拿武器，武器比他們拿的還要精良，不驚慌才怪。

「放下武器！投降不殺！」

徐晃早就發現了，這支秦軍根本就是雜牌軍，當下喊道。

「放下武器，投降不殺……」接著，燕軍士兵異口同聲地喊道，喊聲響徹整個山谷，震耳欲聾。

這撥人也是為了有一口飯吃才投軍的，根本就沒有打過仗，聽到燕軍的喊聲後，不少人主動放下了武器，跪在地上求饒。其他人被帶動，一瞬間的時間，一千人便直接跪倒在地上了。

那個領頭的軍司馬還一個勁的叫著，求饒的聲音比誰都要大，剛才那不可一世，高高在上的神情早已消失不見，只要能活命，比什麼都重要。

許多燕軍將士看到這樣一幕，大感洩氣，本以為可以大戰一場，哪知道會遇到這個草包，只叫了幾聲，便立刻放下武器投降了。

接下來，燕軍很輕鬆的接管了這撥燕軍的武器、馬匹和所押運的糧草，一併搬運到了邙山的翠雲峰上，並且押著一千名俘虜上了山坡。

中午，許久沒有吃過一頓飽飯的燕軍士兵們，總算今天吃了個飽，而且這撥秦軍運送的還有酒，徐晃讓大家都喝了一頓。

酒足飯飽後，徐晃走到那個被俘虜的軍司馬面前，問道：「我問你，這批糧草是要押運到哪裡去的？」

軍司馬答道：「是押送到虎牢關的，秦王殿下還在那裡。」

徐晃眼睛骨碌一轉，拍了下那軍司馬的肩膀，問道：「兄弟，你以前是幹什麼的？」

「啟稟將軍，我是種田的。」

「哦，看你騎馬的樣子歪三扭四的，是剛學會騎馬沒多久吧？」

「將軍真是慧眼如炬啊，我才剛剛學會騎馬不到三天。」

徐晃盯著這人又道：「看你的樣子，身手應該不怎麼樣，可是你為什麼會做到軍司馬呢？」

這軍司馬見徐晃態度不似剛才那麼凶神惡煞，而且還給他酒喝，便答道：「實不相瞞，這些人都是我的同鄉，鄉里鬧饑荒，我帶著他們一起去投軍，於是校尉大人便讓我當了軍司馬，負責照看他們。其實，我們也是混口飯吃，根本沒打過仗，就連騎馬也是臨時學會的……」

徐晃見這軍司馬不像是撒謊，便道：「我知道了，你放心，我不會為難你們的，你們都是弘農人吧？」

「對，我們都是弘農人。」

徐晃想了想，對那軍司馬道：「那你想不想回到弘農和家人團聚？」

「想，做夢都想。」那軍司馬不假思索地道。

徐晃笑道：「只要你願意為我辦一件事，我不僅不會為難你們，還會將你們全部放回去和家人團聚，到時候還發給你們錢財和糧食，讓你們度過災荒。」

「什麼事？」那軍司馬聽了，急忙問道。

「嘿嘿，很簡單，只要你們回去經過函谷關的時候，把函谷關的關門給我打開就行了。」徐晃道。

那軍司馬聽後，臉上露出為難之色，道：「將軍，你還是饒了我吧，函谷關的關門不是任何人都可以打開的，函谷關戒備森嚴，守將又日夜巡邏，我們怎麼可能打開關門呢？」

徐晃臉色陰沉下來，道：「這個不用你操心，我自有辦法。我讓我的部下扮成你的部下，然後跟你一起回函谷關，那守將知道你是押運糧草的，必然會打開關門。當關門打開的時候，你就朝後跑，我的部下自然會衝上去奪關斬將的，等我拿下了函谷關，順勢取下弘農，你們就可以安居樂業的在弘農生活了。」

那軍司馬還有點擔心地說道：「不會有生命危險吧？」

「不會的，我只是讓你帶路，我會在你身邊保護你。哦，忘了告訴你，我們是燕軍。」

「燕軍？你們真的是燕軍？」軍司馬聽了，興奮地道。

「嗯，如假包換。」

「太好了，我早聽說燕王愛民如子，對老百姓很好，一直想去燕國呢，這回好了，將軍若是拿下弘農，那我們就都是燕王的子民了，一定會過上好日子的。將軍，這個忙我幫，就算丟了性命我也在所不惜。」

徐晃聽後，哈哈笑道：「早知道你們如此擁戴燕王，我就不必把你們俘虜過來了。你收拾一下，休息片刻後，我們便出發去函谷關，要一鼓作氣，拿下弘農城。」

函谷關最早在春秋戰國時代由秦國所建，因在谷中，深險如函，故而得名函谷關。

函谷關關隘地處深險谷地，地勢險要，窄處只能容一輛馬車通行，正所謂「車不方軌，馬不並轡」。

函谷關西據高原，東臨絕澗，南接秦嶺，北塞黃河，是古代建置最早的雄關要塞之一。始建於春秋戰國之中，是東去洛陽，西達長安的咽喉，素有「天開函谷壯關中，萬谷驚塵向北空」、「雙峰高聳大河旁，自古函谷一戰場」之說，自古為兵家必爭之地。

周慎靚王三年，楚懷王舉六國之師伐秦，秦依函谷天險，使六國軍隊「伏屍百萬，流血漂櫓」。所以，在冷兵器時代，函谷關的重要性可想而知。

夜已經將它那漆黑的翅子展在函谷關的城牆上了，陡峭的懸崖上，一支軍隊正在秘密的潛行。

從邙山到崤山，一路走來十分的辛苦，要不斷地翻山越嶺，對於燕軍的將士們來說，這些都是家常便飯，可對剛剛降服的那一千名秦軍士兵來說，實在是太過吃力了。

徐晃牽著馬，走在最前面，回頭見那個軍司馬滿頭大汗，身上的衣服也都被汗淋濕了，便說道：「兄弟，再堅持一會兒，前面就是函谷關了，等到了函谷關，騙開了城門，你就可以盡情的歇息了。」

那個軍司馬咧嘴笑了笑，只得硬著頭皮繼續向前走。

徐晃也不為難他們，走十里地便歇息一會兒，自己帶著高林、周倉以及一千名偽裝好的士兵走在最前面，讓廖化、王文君各自帶著一千人押送著那一千名降軍跟在後面，為了保持步調一致，不至於拉開太遠的距離，徐晃選擇了徒步行軍。

繼續一個時辰的走走停停後，徐晃等人終於抵達了函谷關外，先在附近休息了近半個時辰，讓士兵得到充分的休息後，這才開始行動。

徐晃將那個軍司馬叫到身邊來，對他說道：「兄弟，一會兒就看你的了，照我教你的去做，只要進入函谷關，你的任務就算完成了，到時候再攻下了弘農城，我保準給你十畝地，而且免去你三年的稅收。」

那個軍司馬點點頭，臉上露出喜色，腦中想著有了十畝地後，他該種些什麼莊稼。

徐晃將周倉、高林喚到身邊來，道：「一會兒進了函谷關，一切按照原計劃行事。」

周倉、高林道：「諾！」

「兄弟們，函谷關內沒有多少人，只要我們同心協力，拿下函谷關不成問題，絕對不能丟主公的臉。」

「燕軍威武！」眾人聽了，一致叫道。

「好！出發！」

一千人翻身上馬，那個軍司馬整理了一下戎裝，抖擻了下精神，走在最前面。

徐晃穿著普通秦軍士兵的衣服，跟在那個軍司馬的身後，周倉在中間，高林押後，一行人浩浩蕩蕩的來到函谷關的下面。

此時，函谷關上燈火通明，負責巡邏的士兵往來不絕，戒備一如既往的森嚴。

徐晃對函谷關的地形相當瞭解，當年他在董卓帳下為將時，曾經不止一次到過函谷關，時隔數年，故地重遊，他的心裡帶著無比的激動。

關上的士兵發現關外徐徐行來一支騎兵，看到他們穿著秦軍的衣服，一個守將便朗聲問道：「口令！」

那個軍司馬答道：「為大秦國而戰，為大秦國而死，雖死無憾！」

守將確認通關密語一字不差，便下令打開關門，道：「放他們入關！」

關門一打開，徐晃等人不動聲色的進了函谷關。

一進入函谷關，徐晃眼前便豁然開朗，他看到關內燈火通明，可是偌大的軍營卻看不見幾個人，不禁好奇地問道：「兄弟，函谷關外緊內鬆，關裡的駐軍呢？」

那個軍司馬小聲答道：「駐軍都被調走，去參加官渡之戰了，可惜卻沒有一個人回來。」

徐晃徹底明白了，馬超為了打這一仗，居然把秦國的兵力耗損得如此厲害。

他接著問道：「弘農也是如此嗎？」

「這裡本來是楊奉將軍駐守的，弘農一帶原本有六七萬大軍，楊將軍帶兵走了以後，從潼關到函谷關一帶就沒有多少兵了，整個弘農城剩下不到五千的士兵。」

徐晃之前問過這個軍司馬函谷關的兵力多不多，那個軍司馬說很少，現在身臨其境了，才知道不是一般的少。

而且，他也注意到，留下來的士兵除了把守關門的那一百人外，其餘的都是新招募的。他的嘴角揚起笑容，暗暗想道：「真是天助我也，如此一來，拿下弘農城不成問題！」

到了關內，徐晃立即展開行動，周倉帶三百人去搶奪函谷關的西門，高林帶三百人留在東門附近，徐晃則帶著一百士兵徑直去了關內的軍衙，其餘三百人分散在關內的各處，全部聽從徐晃的命令，而那個軍司馬早已找個地方躲起來了。

「幹什麼的？」

徐晃帶著一百人衝到軍衙門前，便被守門的士兵攔住了。

「殺人的！」

徐晃說話的同時，已經將刀抽了出來，立刻砍下一個人的腦袋，部下則將另外一個人斬殺掉。

斬殺了兩個看門的人後，徐晃大聲喝道：「衝進去，抵抗者盡皆屠戮！」同時拿出隨身攜帶的號角，吹響了行動的號角。

號角聲一經響起，高林、周倉以及分散在函谷關內部的士兵都大聲喊著「抵抗者死」的標語。

徐晃帶兵衝進軍衙，見守將正在喝酒吃肉，還不等那守將反應過來，一撥人便衝上來，將那個守將砍成了肉泥。

與此同時，高林奪取了函谷關的東門，打開城門後，帶兵朝城樓上殺了過去，凡是抵抗者，一律斬殺。

廖化、王文君等人聽到函谷關內傳來嘈雜聲，立刻做好了準備，緊盯著城門。不多時，城門打開後，兩人便帶著士兵全部衝了過去。

此戰並沒有遇到什麼太大的阻礙，從徐晃等人進入關內開始，大約只花了十幾分鐘的時間，便掌控了關內的形勢，俘虜四百多人，斬殺六十八人，秦軍士兵一個都沒有跑掉，而且燕軍無一人傷亡。

初戰告捷，徐晃沒有停留，帶人從馬廄裡牽來馬匹，這裡雖然沒有多少守兵，可是馬匹卻很多，足夠三千燕軍騎使用。

徐晃騎著馬，奔馳到關內的正中央，集合所有的士兵後，朗聲道：「兵貴神速，此地離弘農城不遠，廖化帶領五百士兵留下守關，其餘人全部跟我走！」

話音一落，三千燕軍立刻分成兩撥，兩千五百名騎兵跟隨著徐晃從西門出去，廖化則帶著五百士兵留下來收編俘虜，把守關門。

徐晃帶著周倉、高林、王文君以及兩千五百名燕軍士兵，這會兒都穿上了秦軍的服裝，打的旗幟也是秦軍的，馬不停蹄地朝弘農城奔馳而去。

這一次，徐晃採取的是閃電戰術，從函谷關道弘農城還有很長的一段路要走，他們一路上經過新安、澠池、陝縣，都沒有採取行動，而是很低調的讓當地縣令準備一些吃的喝的，又在澠池的馬市上換了一批馬匹，終於在第二天傍晚抵達了弘農城。

弘農城矗立在暮色之下，城上的守兵看不見幾個人，這裡還是一片的祥和，絲毫沒有危機來臨的預兆。

「周倉，你帶五百人進城後立刻占領武器庫，高林帶五百人占領糧倉，王文君帶五百人攻太守府，其餘的人跟我一起攻打兵營！」徐晃策馬奔馳著，一路發出指令道。

「諾！」

由於分工明確，兩千五百騎的燕軍士兵一進入城後，立刻展開行動。

弘農郡的兵力都分散在各縣裡，城裡並沒有多少兵力，加上驟然奔至的騎兵的攻擊，這些人根本沒有抵抗的能力，半個時辰後，徐晃等人以零傷亡，斬殺七十八人，俘虜一千八百人的戰績拿下了弘農城。

徐晃留下王文君和一千人守城和看押俘虜，他自己親自帶著周倉、高林和一千五百騎再次踏上了征程，繼續向西前進，攻擊弘農城西邊的湖縣。又讓王文君以太守的名義，寫信招降新安、澠池、陝縣。

第三天早上，徐晃抵達湖縣，兵不血刃的拿下了湖縣，然後在此駐軍，修建防禦措施，與潼關遙遙相望。同時寫下捷報，給高飛發出了飛鴿傳書。

就在徐晃占領弘農郡的同一時間，高飛率領大軍占領了魏軍在牛家屯的大營。

從大營裡一片狼藉的情況來看，魏軍撤離的很匆忙，連大營都來不及拆掉，甚至一些吃飯的傢伙也沒有帶走。

這兩天來，高飛一連接到許多飛鴿傳書，都是賈詡、臧霸、韓猛等人在東線戰場上傳回來的。先是賈詡在濟南誘降了朱靈，占領青州全境，接著是臧霸在徐州當地反叛魏軍的民眾的支持下占領了徐州全境，兩則消息都讓在西線戰場的高飛等人振奮不已。

可是，韓猛的消息並不樂觀。

一天前，韓猛率軍攻打定陶，中了荀彧的奸計，損兵折將不說，自己還差點陣亡，目前和荀彧形成對峙，雙方僵持不下。

高飛收到東線傳來的消息後，再也坐不住了，拖延幾天後，讓陳到率軍進駐中牟縣城，以防備在虎牢關還沒有退卻的馬超，自己則帶領馬步軍八萬人開始東進。

傍晚的微風給人帶來一絲涼意，高飛脫去戰甲，穿著一身勁裝坐在大帳裡，靜靜地等候著荀攸、郭嘉的到來。

不多時，荀攸、郭嘉從帳外走了進來，一進入大帳，便向高飛拱手道：「主公，許攸已經找到了……」

「哦？他這幾天躲到什麼地方去了？」

高飛這幾天一直很納悶，許攸就像人間蒸發了一樣，毫無消息。

郭嘉、荀攸對視了一眼，臉上露出了難色。

高飛見狀，厲聲道：「許子遠到底跑到什麼地方去了？說！」

郭嘉道：「主公，許攸他……他已經去世了。」

「去世？他怎麼會去世呢？」

高飛知道許攸的為人，一般有危險的事不會主動去做，先保命要緊，所以對許攸死去的消息感到很震驚。

荀攸道：「啟稟主公，許攸確實是去世了，屍體在卷縣縣城裡一個牆角裡發現的，是中箭身亡，一箭穿心。」

高飛追問道：「怎麼會這樣？」

「事情是這個樣子的……」郭嘉緩緩地將查明的真相給說了出來。

原來，三天前，曹洪率軍攻擊卷縣縣城時，荀諶、魏延、褚燕都在城樓上指揮著士兵守城。

許攸自己躲在城裡一個角落裡，本以為會安全無憂。哪知道卷縣的縣城太小了，剛好不知道是誰放的一支箭，飛過城牆，巧的是，不偏不倚，剛好插在許攸的心窩上，當時就斃命了。

後來，由於戰鬥太過激烈，城裡死的人逐漸增加，那些運送屍體的士兵早已經麻木了，只要見到屍體就抬走，將許攸的屍體一起堆在屍山上，直到第二天掩埋屍體的時候，許攸的死訊才被發現。

荀諶當時感到很震驚，便給高飛發出了飛鴿傳書，報告許攸的死訊，哪知道信鴿飛到半途遇到猛禽，直接被猛禽生吃活吞了。

荀諶當高飛已經知道這件事，高飛這邊則一直以為許攸失蹤，直到郭嘉派人到卷縣詢問的時候，才知道許攸已經死了有兩天了。

高飛聽完郭嘉的話後，嘆了口氣，道：「真是天有不測風雲啊，沒想到許攸竟然那麼倒楣。既然如此，先將許攸的死亡記錄下來，等滅了魏國，我再統一撫恤死者的家屬。」

「諾！」荀攸、郭嘉也為許攸的死感到惋惜，雖然許攸為人並不是很好，但是至少許攸智謀不錯，關鍵時刻也能想出幾個好點子，怎麼好生生的一個人，說死就死了。

大帳內士氣有些低落，三人都在為生命無常而感觸著。

良久，高飛打破沉默，道：「大家坐吧，這次叫你們過來，主要是商討一下如何滅魏的事情，韓猛在定陶吃了敗仗，損失一萬多人，自己也差點死在了荀彧的毒計之下，我想聽聽你們如何看？」

荀攸是荀彧的侄子，聽到韓猛吃了敗仗，自己心裡也不好受，不禁皺起了眉頭，暗暗地想道：「這一天終於到來了，看來和叔父的對決是在所難免了……」

「如今青州、徐州已經被占領了，主公可就令臧霸為鎮東將軍，讓臧霸當徐州刺史、青州刺史，總督青州和徐州。臧霸在青州和徐州一帶素有威名，這次他能兵不血刃的拿下徐州，也跟他在徐州的聲名有關。何況徐州挨著東吳，必須有人鎮守那裡，除了臧霸軍中再無人可擔當此任。此乃屬下愚見……」郭嘉首先說道。

高飛道：「正合我意，陳孔璋！」

陳琳從帳外走了進來，抱拳道：「主公有何吩咐？」

「即刻草擬文書，封臧霸為鎮東將軍、徐州刺史、青州刺史，讓其總督青州、徐州二州，另外，讓臧霸就地招募兵勇，以拱衛青州和徐州！」高飛朗聲宣布道。

陳琳「諾」了一聲，當即出了大帳，回去寫敕書去了。

高飛看了眼皺眉的荀攸，說道：「公達，據斥候來報，曹操已經退到陳留，目前在陳留集結了四萬大軍，定陶方面的事，就交給東線的賈詡和韓猛去做，你只管為我出謀劃策，在西線待著即可，你現在可曾有擒獲曹操的好計策嗎？」

荀攸十分感激高飛，從話音中不難聽出來，這是故意要把他留在西線，不想讓他去對付荀彧，以免到時候太為難了他。

他皺著的眉頭緩緩地鬆開，對高飛說道：「主公，如今魏軍尚有迴旋的餘地，我軍在西線只能調動八萬兵馬，陳到率領一萬駐守在中牟縣，荀諶率領兩萬將士和娘子軍雖然收編了秦軍的降軍，但是並不怎麼牢靠，必須要有人看著才行，而且肩負著看管糧草的重任，更不能輕易調動。」

「嗯，繼續說。」

荀攸接著說道：「魏軍在潁川尚有一萬兵馬，加上在定陶作戰的一萬人，魏軍的總兵力就有六萬人，以八萬對付六萬，雖然綽綽有餘，但是一場戰鬥不至於全殲。何況陳留乃曹魏重鎮，城防堅固，如果強行攻擊的話，必然會損失慘重。屬下以為，**不如不進攻陳留，分派諸將攻略豫州以及兗州其他郡縣，從周邊將曹操包圍在陳留**，這樣一來，曹操只剩下孤城一座，如果他分兵搶占其他城池，我軍便可集中優勢兵力各個擊破，消耗魏軍的兵力，不出一個月，必然能夠不費吹灰之力便將魏軍拖延至死。」

「妙計！真是妙計啊，你這可是**游擊戰術**啊，敵進我退，敵退我打，對於我軍來說，再合適不過了。」高飛哈哈地笑道。

荀攸又說道：「不過……曹操非比他人，必然能夠看出我這樣做的目的，為了以防萬一，他很有可能會捨棄陳留，南行到豫州，相比之下，潁川郡遠比陳留富庶，而且潁川郡內糧草多，曹操必然會為了長久打算而去潁川。如果曹操及時的跳出了包圍圈，那麼此計就發揮不到最大的作用了，只能另想他法。」

郭嘉聽了，在一旁道：「另外，還要防止楚軍從背後搗亂，屬下以為，豫州實為重要，應該儘快派遣一員大將駐守汝南，或者提前攻擊潁川，拿下潁川郡，切斷曹操的歸路，將其圍死在陳留一帶。」

高飛聽後，朗聲道：「即刻命令黃忠率軍一萬攻汝南；讓張遼率軍一萬攻打潁川；張郃率軍一萬攻擊陳郡、梁郡、譙郡，讓臧霸予以配合；太史慈率軍一萬攻浚儀；其餘人全部隨我一起向東前進，直攻開封。」

「諾！」

命令下達後，荀攸和郭嘉便各自傳達命令去了，他們兩個剛出去沒多久，趙雲便走了進來。

「子龍，坐到我身邊來！」高飛一見趙雲進來，便拍了拍自己身邊的位置，對趙雲說道。

趙雲行禮後，徑直走到高飛身邊，坐下來問道：「不知道主公喚我何事？」

「前天在柳子河開會的時候，你去幹什麼了？」

「屬下去厚葬典韋將軍了，未及參見會議，實在抱歉。」

高飛安慰道：「人死不能復生，你我都曾經給過典韋機會，是他不珍惜而已。我知道，典韋死了，你就少了一個對手。不過，天下並不是沒有人不能做你的對手，關羽、張飛、馬超、許褚、孫策等等，盡皆勇猛之輩，其實你並不寂寞。如果你感到寂寞的話，不如和黃忠、太史慈、甘寧等人比試比試，正好我也想看看在我的軍中，誰才是真正的第一高手。另外，我有一件事需要和你說，不知道你答應不答應？」

「什麼事情？」

趙雲和高飛在一起那麼久了，早已經是情同手足，所以私下裡的時候，兩人無話不談，聽到高飛安慰的話，他覺得高飛很懂自己。

「你先答應，我再說。」

「那我答應了。」

「哈哈哈……好，好得很。那我就恭喜你了，因為**我已經把黃忠之女黃舞蝶許配給你了！**」

「怎麼是……是……這件事？」趙雲怔了一下。

「黃姑娘人長得美麗，而且還是娘子軍的一個將軍，黃將軍也同意。你都老大不小了，我的孩子都有三個了，你還是單身，這怎麼行？等滅了魏國，我就給你們辦婚事，我想，這件事必然會成為一段佳話。」

趙雲的臉紅了起來，並不是他不願意，而是事情來得太突然了。

說實在，黃舞蝶確實長得很漂亮，他點點頭，靦腆道：「一切全憑主公做主。」

高飛哈哈笑道：「好好好，這樣黃將軍那裡我就能有所交代了。子龍，你先回去準備一下，今天晚上，我們就出發，進攻陳留。」

「諾！屬下告退！」

陳留城裡。

曹操頭痛還沒有好轉，依然躺在臥榻上，典韋陣亡、夏侯離被俘的消息已經傳到他的耳朵裡，讓他倍感憂傷。

「大王，該進食了。」許褚端著菜肴，從外面走了進來。

「端走吧，我沒什麼胃口。」曹操抬起手，有氣無力地說道。

「大王，這是臣專門讓人做的，都是大王平時愛吃的，從昨晚到現在，大王一直都沒有吃飯，臣下都很擔心大王。如今軍師總攬軍務，正在積極的調兵遣將，大王安心養病即可，曹真他們也去尋訪名醫華佗了，想必這兩天就會有消息了。」許褚勸道。

許褚雖然看著粗獷，可是照顧起曹操來，很是認真。

曹操嘆了口氣，緩緩地坐起身子，對許褚道：「把飯菜端過來，我要吃好，吃飽，身體好了，才能繼續和高飛作戰，我絕對不能就此倒下去了，要和高飛血戰到底。」

許褚笑了，心中想道：「大王能振作起來真是太好了。韋哥，你等著，我一定會為你報仇的。」

曹操吃完飯，長子曹昂便從外面走了進來。

曹昂帶著年近三歲的曹丕，走到曹操的床邊，跪在地上，齊聲道：「兒臣參見父王。」

曹操伸手將曹丕抱在懷裡，在曹丕的臉頰上親了一下。

「父王，扎……扎死我了……」

曹丕極為不情願地用他的小手推搡著曹操，不讓曹操親自己，害怕被曹操的鬍鬚扎到。

作為一個父親，曹操並不稱職，多年來他和兒女間是聚少離多，所以每次見到自己的孩子，都會情不自禁的抱起他們，親親他們，以表達他的父愛。

他看到曹丕不情願讓自己親，捋了一下自己的鬍鬚，說道：「扎嗎？那改天我把鬍鬚剃掉好不好？」

曹丕伸出小手拽了一下曹操的鬍鬚，小腦袋不停地搖晃道：「不好不好，如果變短，會更扎人，父王還是留著吧，留鬍鬚才好看，哥哥沒有鬍鬚，就沒有父王好看。」

曹操笑了起來，放下曹丕，看了眼還在地上跪著的曹昂，說道：「你起來吧。」

曹昂「諾」了聲，站起來，將曹丕拉到身邊來，說道：「子桓，你去外面玩吧，別跑遠了，一會兒我和父王談完事情，就出來找你。」

曹丕很聽曹昂的話，點點頭，告別了曹操和曹昂，轉身跑到許褚那兒，抱住許褚的小腿，仰起頭，眼裡充滿期盼地說道：「我要騎大馬……你帶我去騎大馬……」

許褚看了曹操一眼，見曹操點了點頭，便將曹丕一把抱了起來，說道：「好，我帶二公子去騎大馬……」

話音一落，便將曹丕給抱走了，房裡只剩下曹操和曹昂兩個人。

「子修，有什麼事，儘管說吧。」

曹操看了曹昂一眼，他的兒子他自己清楚，見曹昂從一進門便眉頭緊蹙，就知道他必然有事情，於是首先問了起來。

「父王，我想當將軍，帶兵打仗，上陣殺敵，替父王出一份力。」曹昂慷慨激昂地說道。

對於曹昂的這個提議，曹操感到很吃驚，畢竟曹昂從小就不是那種喜歡舞槍弄棒的人，怎麼突然就說出要帶兵打仗的話了。

他面無表情地看著曹昂，問道：「你想帶兵打仗？」

曹昂重重地點點頭，說道：「是的父王，我想帶兵打仗。卷縣一戰，魏國最精銳的幾支部隊盡皆消亡殆盡，我作為父王的長子，理應為父王分憂解難。」

「可是你才十三歲，連冠禮都沒有舉行，如何能夠帶兵打仗？再說，我又怎麼可以把魏軍的士卒交給你在戰場上隨意揮霍？」

曹操冷笑一聲，認為曹昂的想法十分的幼稚，他帳下文臣武將多得是，唯獨缺少的就是士兵，如今已經是嚴重的兵力不足，能否迎戰燕軍的這一次猛攻還是個未知之數。

「父王，有志不在年高，戰國時期，甘羅才十二歲便當上了秦國的宰相，兒臣如今已經十三了，為什麼就不能獨自領兵殺敵？」曹昂據理力爭地說道。

曹操呵呵笑道：「子修，你說的是沒錯，可惜你不是甘羅，也趕不上甘羅。我最瞭解你了，你還不足以獨自領兵，等我認為你能獨自領兵的時候，自然會讓你領兵的。你退下吧，本王累了……」

「父王……」

「退下！」曹操怒道。

曹昂嘆了口氣，甩袖而去。

出了房間，他步行到了後花園裡，一屁股坐在假山的岩石上，憤恨地道：「為什麼？為什麼父王要把魏國的軍務全權委託給徐庶？徐庶也不比我大幾歲嘛，我想領兵，父王為什麼不讓？」

這時，曹休從假山後面露出了頭，聽到曹昂的抱怨後，便走到曹昂的身邊坐下，一把攬住曹昂的肩膀，說道：

「大公子，我就說不行了，現在這個時候，大王怎麼會給你帶兵的機會呢？大公子，現在魏國能否保住還是個未知之數，請大公子想開點，大王將軍務全部委託給徐庶，必然有他的道理。」

曹昂怒道：「文烈，你說我是不是真的不如甘羅？」

曹休臉上一怔，不知道該怎麼回答，他心裡很明白，曹昂是絕對不可能比得上甘羅的，可是又不能直言，只好說道：「大公子和甘羅各有所長，就像大米和小麥，大米永遠不可能成為小麥，小麥也永遠不可能成為大米。但是，兩種作物都能夠填飽人的肚子，所以，兩者的功用是一樣的。」

曹昂被曹休繞得有點糊塗，雖然不太懂曹休究竟想表達的是什麼意思，但也沒有生氣。

正當他起身要走的時候，卻見曹真帶著一個人從外面走了過來，看曹真對那人畢恭畢敬的樣子，覺得很是好奇，問道：「那個人是誰？」

曹休看了一眼，搖了搖頭，說道：「我也不認識。不過，好像曹真去找神醫華佗了，難道那個人是華佗？」

「太好了，父王的病有得治了，文烈，快跟我走，咱們去看看神醫給父王治病！」說著，曹昂便拉著曹休，頭也不回的走了，剛才的怒氣登時煙消雲散。

第四章

神醫華佗

許褚見曹真帶著一個手拄桃木拐杖的老者走進院落，急忙問道：「曹校尉！這位是不是神醫華佗？」

華佗髮髻高高豎起，加上他童顏鶴髮，乍看之下頗有幾分仙風道骨的韻味。不同的是，他穿著一件極為普通的衣服。

房廊下，曹丕騎在許褚的背上，許褚在地上爬著走，曹丕手裡拿著一根繩子，不停地揮舞著，同時大聲叫道：

「駕！駕！馬兒快些跑啊……太慢了太慢了……跑快點，駕……」

時值盛夏，烈日當空，炎熱的天氣下，許褚讓曹丕騎著他在房廊下來回爬，早已經是滿臉大汗，聽到曹丕還覺得慢，便說道：「二公子，不如我帶你去騎真正的大馬吧？」

「好啊好啊，不過你要背我去！」曹丕一下子伸出小胳膊抱住了許褚的脖子，趴在許褚的背上就是賴著不下去。

許褚無奈，只能將小曹丕給背了起來，擦拭了一下額頭上的汗水，剛好看見曹真帶著一個手拄桃木拐杖的老者走進院落，急忙問道：「曹校尉！這位是不是神醫華佗？」

曹真點了點頭，說道：「正是華神醫。許將軍，大王可曾進食？」

「嗯，已經進食了。」說著，許褚便走到了華佗的面前，急忙說道：「華神醫，你快些進去醫治我家大王吧，我家大王頭疼得厲害，普天之下也只有你華神醫能治了。」

華佗額頭寬大，髮髻高高豎起，顴骨隆得老高，加上他童顏鶴髮，乍看之下頗有幾分仙風道骨的韻味。不同的是，他身上沒有穿道袍，而是穿著一件極為普通的衣服，手裡拄著的拐杖是桃木製作的，看起來也有些年限了，拐杖上拴著一個偌大的葫蘆，左肩上還挎著一個包袱，衣服上沾滿了灰塵，褲腿和鞋子上淨是乾掉的泥巴。

他看了眼許褚著急的樣子，便勸慰道：「將軍不必著急，我既然來了，就一定會藥到病除，且帶我進去看看魏王，我也好對症下藥。」

許褚扭頭對背上的小曹丕說道：「二公子，今天看來是騎不成大馬了，改天我親自教你騎術。華神醫來了，是來醫治大王的頭疼病的，你也不希望大王一直這樣病下去吧？」

曹丕雖小，但是很愛他父王，當即說道：「放我下來，我要帶著神醫爺爺去見父王，等神醫爺爺把父王的病給治好了，父王就可以親自教授我騎術了。」

這時，曹昂、曹休也跑了過來，見到華佗後，曹昂急忙問道：「你是華佗華神醫嗎？」

華佗笑道：「徒有虛名罷了，神醫二字也只是別人亂叫的。」

曹昂救父心切，也不管三七二十一，拉著華佗的手便朝房間裡走去，叫道：「父王……父王……華神醫來了……父王的病有救了……」

曹操正臥在床榻上，斜靠在床頭，手裡捧著一卷竹簡，正細細的品讀，聽到曹昂的叫聲後，抬起頭，看到曹昂拉著一個鶴髮童顏的人闖了進來，便放下手中的竹簡，問道：「子修，不得對華神醫無禮。」

說完，曹操緩緩地坐起身子，剛想下床，曹昂便將華佗拉到床邊，推著華佗緊張地說道：「華神醫，你快給我父王看看，治好了，本公子重重有賞！」

華佗撥開曹昂的手，只是簡單的看了曹操的面相一眼，便笑著對曹昂說道：「魏王沒病，無須我醫治。」

許褚牽著曹丕和曹真、曹休一起走了進來，剛好聽到華佗的話，臉上都是一陣詫異。

曹昂道：「這怎麼可能？你是不是神醫啊，我父王這幾天頭痛欲裂，茶飯不思，不是病了是什麼，為什麼你說沒病……」

說到這裡，曹昂側過頭對曹真叫道：「曹子丹，你是在哪裡找來的這個老頭，是不是被人給騙啦？」

曹真一臉的羞愧，拱手道：「大公子，此人確實是神醫華佗，是我專門從襄邑請過來的，當時我還親眼看見華神醫妙手回春的醫術，讓人起死回生，實在太匪夷所思了。試問普天之下，還有誰能夠有如此醫術？」

曹昂還想說些什麼，卻被曹操的一聲輕咳給打斷了。

「華神醫，本王確實是頭風犯了，頭疼欲裂，難受死了，已經連續兩三天了，一直臥榻不起，就連軍政大事都盡皆委託給下屬了，請神醫給我開個方子，醫治一下本王的病。」曹操緩緩地站了起來，對華佗畢恭畢敬地說道。

華佗呵呵笑道：「魏王，我還是那句話，魏王沒病，無需我醫治。不過，**心病還需心藥醫**，我倒是可以給魏王開個疏通腸胃的方子，增加魏王的食欲，至於這心病嘛，卻不是我所能醫治的。」

曹操聽後，心裡暗暗想道：「**神醫不愧是神醫，居然連我裝病都看出來啦……**」

「你們都下去吧，沒有我的吩咐，任何人不得入內。另外，去把徐元直給請過來。」曹操擺擺手，對其他人說道。

曹昂道：「父王……」

「子修，我的話你沒聽見嗎？還不快去照做！」

這會兒，曹操恢復了往常的神情，一臉的嚴肅，哪裡有一點病人的影子。

曹昂、曹丕、曹真、曹休、許褚都走了出去，許褚把曹丕交給曹昂，自己守在門口，曹真則去叫徐庶了，曹昂牽著曹丕，和曹休一起守在門口，可是卻又不敢進去。

房間裡瞬間只剩下曹操和華佗兩個人。曹操抬起手，指著床邊的一張胡凳，道：「華神醫請坐！」

華佗也不客氣，將肩上的包袱放了下來，把拐杖斜倚在小桌上，同時取下拴在拐杖上的葫蘆，對曹操拱手道：「多謝魏王賜座。」

曹操見華佗風塵僕僕的，便道：「華神醫一路辛苦，被本王請到這裡來給本王醫病，這心病也是一種病，不知道華神醫可否勉為其難替本王醫治一下？」

華佗聽曹操話中有話，便點點頭道：「那華某願意試試。」

曹操道：「聽說神醫的足跡遍布大江南北，救人無數，而且施藥救病，分文不取，不知可有此事？」

「坊間傳聞，不足以信，華某如果真的分文不取，早已餓死在街頭了，何況所需藥材也要用錢來買，怎麼可能會不收錢呢！不過所收取的錢財是因人而異罷了，富者多收，貧者不收，乃我行醫之原則。」華佗笑道。

曹操聽後，覺得華佗說得很有道理，以富濟貧，確實可行，他繼續說道：「神醫久在民間，遊歷江湖，必然對民間疾苦非常的瞭解，本王有一事想請教一下，不知道神醫可否解答我心中的疑惑。」

華佗點點頭道：「魏王既然看得起華某，華某自然要言無不盡的。」

「神醫是譙郡人，又經常在徐州、青州、兗州、豫州、揚州、冀州一帶行醫，肯定聽說了不少民眾的心聲，**不知道本王和高飛比起來，在百姓心中，孰輕孰重？**」

「魏王是想聽實話還是假話？」

「實話。」

「兩年前，高飛雖然公然稱王，但是百姓還是一樣的擁戴他，他曾經數次到過冀州，冀州原本是袁紹之地，被高飛占領後，不僅免去了當地的賦稅，還動用了大量的人力物力和財力來修建道路，興修水利，開墾荒地，使得百姓耕者有其田，種者有其糧。加上燕國兩年內從未徵召過一兵一卒，百姓安居樂業，對高飛的期待也一點一點的提高。反觀其他諸侯國，不停的壓迫百姓，大肆徵兵，弄得民不聊生……」

華佗說到這裡，見曹操的臉上浮現出一絲不喜，便急忙改口道：「不過，魏國內部也基本趨於穩定，如果不是去年的那場大旱，估計魏國境內會更加的穩定。這一切都是天災，人力無法左右，不是魏王的雄才大略能夠左右的。」

曹操聽後，說道：「徐州之民定然對本王恨之入骨，當年本王犯下的錯誤，沒想到會釀成今天的禍端……」

華佗自然知道曹操說的這件事是什麼事，當年曹操為父報仇，屠戮了幾十萬徐州百姓，所過之處雞犬不留，雖然陶謙敗亡，曹操占領了徐州，但是徐州百姓依然仇恨著曹操。加上臧霸當年縱橫青州和徐州之間，又曾率兵抵禦過曹操，幫助徐州人抗擊曹操，所以名聲在徐州一帶很響亮。

所以，燕軍大將臧霸一帶兵進入了徐州，徐州百姓聞風而動，先是下邳太守曹豹率兵謀反，以呼應臧霸，緊接著，徐州各地百姓紛紛攻占縣城、郡城，驅趕郡守、縣令，回應臧霸。

一呼百應之後，當時駐守徐州的荀彧迫於壓力，也預料到了後果，率先帶領著部隊離開徐州，未嘗和臧霸交戰，就**已經輸在民心上**了。

「既然已經無法彌補，魏王又何必執著？魏王的心病，大概就是因為這次戰爭吧，意氣風發的魏王必然沒有想到這一仗會輸得那麼慘。既然已經成了定局，魏王何不率眾歸義，以燕王之胸襟，必然會接納魏王……」

「華神醫！你可曾想過，你說出這句話的時候，你的性命只在旦夕之間？」曹操打斷華佗的話，怒道。

「當然知道，不過，為了中原百姓不再飽受戰亂之苦，華某也只能鋌而走險了，只希望魏王能夠以百姓疾苦為上，放棄對抗燕軍。」華佗面不改色地說道。

魏王冷笑道：「笑話！中原百姓之所以飽受戰亂之苦，完全是高飛一人所致，只要他不來攻打魏國，中原的百姓依然可以過著安居樂業的生活，就是因為他極力的擴張，雄心勃勃，從討伐董卓以來，京畿附近連續上演了三次大戰，弄得京畿附近的百姓流離失所，這一切，都是拜他所賜！」

華佗搖搖頭道：「怨天尤人，非大丈夫所為。」

「大王，徐軍師來了！」

許褚這會兒從門外走了進來，見屋內氣氛不對，看了眼華佗，見華佗泰然自若，倒是曹操有些生氣，便急忙通報道。

「讓他進來！」曹操的怒氣依舊掛在臉上，不知道是做樣子，還是真的怒了。

許褚很納悶，他還是頭一次見曹操這樣，以前不管有再大的事，曹操都會冷靜地面對，怎麼今天見了華佗就變成這樣子了。

他猜不透，只好轉身出門，見到徐庶後，便貼在徐庶的耳邊小聲說道：「軍師，裡面氣氛不對，我還是頭一次見到大王如此生氣。」

徐庶點點頭，輕聲道：「我知道了。」

說完，徐庶跨進房間，見曹操真的把怒氣掛在臉上，而坐在旁邊的華佗卻彷佛什麼事都沒有發生一樣。

他走到曹操面前，拱手道：「臣徐庶參見大王！」

曹操沒有理會徐庶，對華佗說道：「華神醫，你觸怒本王，就不怕身首異處嗎？」

華佗笑道：「如果怕的話，我就不會說出那番話了。魏王把一切的罪責全部推卸在別人的身上，不在自身上找缺點，如此諱疾忌醫，又怎麼能稱得上大丈夫呢？難道說，魏王屠殺徐州百姓數十萬，也是被高飛所逼的嗎？魏王殺人如麻，晚上做夢就不怕那些冤死的鬼魂來找你嗎？還有……」

「你閉嘴！」曹操怒氣翻湧，登時站了起來，滿臉通紅，指著華佗便罵道：「你一個山野村夫，居然敢對本王放此厥詞？許仲康何在？」

「砰！」

一聲巨響，許褚從門外衝了進來，抱拳道：「大王有何吩咐？」

「把華佗拉出去，斬首示眾，懸其首在城門，將其屍體放在烈日下曝曬三日，我看誰敢再忤逆本王……」

話還沒說完，曹操便感到氣血翻湧，胸中怒氣難消，頭腦就像熟透的西瓜要炸開了一般，疼痛至極，「啊」的一聲，便倒在床上，還不忘記指著華佗說道：

「拉出去……砍了……」

話音一落，曹操便昏厥了過去。

這一次，他不是裝的，而是真的頭疼欲裂，昏厥了過去。

許褚抓住華佗便朝外走。

徐庶見狀，急忙叫道：「仲康且慢，此乃大王一時怒氣，華佗名滿天下，不可輕易殺害，先行軟禁起來，交由程昱看管。」

「軍師……」許褚為難道：「這是大王的意思，我怎麼敢違抗？」

「一切事情，我一人承擔，與你無關。如果你真的殺了華佗，那魏國將陷入空前的混亂。殺與不殺，全在你一念之間。」

徐庶說完，對華佗道：「華神醫，我家大王被你這麼一激而昏厥過去，不知大王可曾有事？」

「沒什麼大礙，請放心，不出半個時辰，他必會醒來。」華佗指著桌上的葫蘆，對徐庶說道：「他醒來後，將葫蘆裡的藥酒灌給他喝，喝完之後，身體便自行通暢，保他三五年內頭風不再復發。」

「那一個月後呢？」

「魏王頭風由來已久，非藥石所能醫治，必須開刀。」

「開……開刀？什麼意思？」徐庶問道。

「取一鋒利小刀，在魏王頭顱上鑿開一個小洞，然後……」華佗毫不避諱的將治療曹操的方法給說了出來。

徐庶和許褚聽後，都滲出一身冷汗，心想如果真的按照華佗的方法去做，那魏王還有性命嗎？

「帶神醫下去。」

徐庶擦拭了額頭上的汗水，長出了一口氣，心想這件事別說魏王是絕對不會同意的，就連他也不會讓華佗胡來。**他知道，剛才華佗故意激怒曹操，只不過是為了給以前被曹操屠殺的幾十萬徐州百姓出氣而已。**

徐庶看著昏厥過去的曹操，將曹操扶正，蓋上薄被，然後靜靜地坐在那裡，等候曹操的醒來。

他暗暗想道：「燕軍兵分五路攻打魏國，豫州只怕是難以保全了，高飛來勢洶洶，賈詡有率軍增援韓猛，定陶的青州兵不知道能否抵擋得住賈詡的進攻，正值多事之秋，偏偏大王又……哎，我受命於危難之際，不知道能否力挽狂瀾……」

大概過了半個多時辰，曹操緩緩地睜開了眼睛，剛扭動一下頭顱，便覺得頭疼得厲害，看到徐庶坐在身邊，便喚道：「元直，華佗賊子呢？」

「已經按照大王的命令，殺了！」

「什麼？殺了？完了，完了，本王又犯了一個錯誤……」

曹操捂著自己的額頭，臉上的表情看上去十分的痛苦。

「大王，華佗來這裡，是為了給那些被大王屠殺的徐州百姓報仇的，所以故意激怒大王，讓大王頭風復發。不過，在臣的嚴刑逼供下，他留下了這葫蘆的藥酒，說喝下去後，便可以藥到病除，正好治大王頭風。大王請喝！」

徐庶將藥酒端了過去。

曹操看了一眼，見藥水濃稠，呈黑紅色，疑心大起，道：「不喝！定是那華佗賊子要害我才故意這麼說的。元直，你一向聰明，為何不能看透其中奧秘？」

「大王，太多疑了未必是好處，如果大王懷疑是毒藥的話，那臣下願意先試喝一碗。」

說著，徐庶便將那碗藥酒咕咚咕咚的喝了下去。

他跟在曹操身邊久了，早就摸清曹操的脾氣和性格，所以暫時瞞著曹操，說華佗已經死了。如果不這樣的話，曹操定然會更加的發怒，萬一又昏厥過去，那就不是小事了。

徐庶將藥酒喝得底朝天，然後對曹操道：「大王，如果這是毒藥的話，那過一會兒，臣就該被毒死了，如果臣沒死，就說明這藥酒不是毒藥……」

「那倒未必，毒藥也分慢和快，萬一是慢性毒藥，那怎麼辦？」

曹操還是不情願喝，擺擺手，忍著頭痛說道：「本王乃堂堂的大丈夫，頂天立地，豈能是小小的頭風能夠左右的？如果上天真的要本王死，那麼本王偏偏不順天應命，逆天而行，我要讓老天爺知道，本王絕對不是那麼輕易被打敗的。」

說完，曹操猛地甩了甩頭，強忍著疼痛，對徐庶說道：「元直，將最新的戰況告訴我吧。」

徐庶見曹操的額頭上滲出了汗水，定是強忍著疼痛，很猶豫要不要將戰況告訴曹操。

「說吧，你不說，我也會去問其他人，何必如此麻煩。本王什麼大風大浪沒見過，只管說出來吧。」曹操見徐庶不張嘴，便急忙說道。

徐庶沉默了片刻，這才說道：「啟稟大王，燕軍目前兵分五路，據斥候來報，高飛命令黃忠率軍一萬攻汝南；讓張遼率軍一萬攻打潁川；張郃率軍一萬攻擊陳郡；太史慈率軍一萬攻浚儀；他自己則親率大軍進攻開封。看來，燕軍是想從外圍將我軍圍困在此地，一旦形成包圍圈，我軍便只剩下孤城一座了，早晚會被燕軍攻下。」

曹操這會兒變得很冷靜，想了想道：「那你怎麼看？」

「臣下以為，陳留不可久留，這裡缺少糧草，臣在潁川兩年，在城裡囤積了大批糧草，足夠我軍食用一年，而且潁川有潁河，有山地，進可攻，退可守，實在不行的話，完全可以轉戰京畿附近，只要不被燕軍包圍，我軍就有一線生機……」

徐庶頓了頓，接著說道：「另外，潁川挨著南陽，如果我軍和燕軍在潁川開戰的話，楚軍必然不會坐視不理，從這次大戰來看，楚軍一直沒有什麼太大的行動，應該是在等我軍和燕軍兩敗俱傷。而且，劉備也很仇視高飛，只要大王派遣一位巧舌如簧的辯士去遊說一番，劉備很有可能會成為我軍盟友。」

「正合我意，可是荀彧尚在定陶，一旦撤回，賈詡、韓猛定然會猛撲而來，你可有什麼瞞天過海之計，既能讓荀彧帶著那一萬青州兵退回來，又能讓賈詡、韓猛毫不察覺嗎？」

徐庶道：「大王，相國大人的智謀超群，雖然手下無甚大將，但仍然設計打敗了韓猛，只需要大王給相國大人去一封信，相國大人自有妙計瞞天過海。」

曹操想想也是，說起智謀來，荀彧確實不弱，之所以在東線戰場一敗再敗，關鍵在於手下沒有什麼大將，於是點點頭道：

「即刻傳令，讓曹純、李典、樂進、于禁帶領兩千騎兵奔赴定陶，援助荀彧撤軍！另外，讓夏侯淵、曹真、夏侯恩先行保護本王家眷離開陳留，到了潁川後，由夏侯淵全權接管潁川大權。」

徐庶抱拳道：「諾！臣下這就去傳令。」

曹操見徐庶離開，看了眼桌上的藥酒，心想死馬當活馬醫吧，拿起葫蘆便咕咚咕咚的灌了幾口藥酒，不一會兒，便將藥酒全部喝完了。沒過多久，他的頭果然不疼了。

「真是神藥啊……高飛，你想困死我，沒有那麼容易！失去了中原，我還可以得到半壁江山！等著看好了，哈哈哈……」

早已謀劃好出路的曹操，在心裡默默地笑了出來。

一天後，燕軍五虎大將之一的太史慈占領了浚儀，高飛率領四萬大軍抵達開封，開封縣令見魏國大勢已去，便率眾歸降了燕軍。

消息傳到曹操的耳裡，曹操只淡淡地笑了笑，道：「意料之中。」

定陶又名陶丘，是一座歷史悠久的古城，早在四千多年前新石器時代，人類就在這裡漁獵耕種，繁衍生息。自春秋至西漢八百多年間，一直是中原地區的水陸交通中心和全國性經濟都會，享有「天下之中」的美譽。

春秋末期，范蠡助越滅吳後，輾轉來到定陶，「以陶為天下之中」，遂在此定居經商，期間三次經商成為巨富，三散家財，自號陶朱公，乃我國儒商之鼻祖。

從范蠡開始，定陶就開始聞名天下，也出現了吳起、左丘明等名人。秦末，秦國大將章邯更是在此地打敗了項羽的叔父項梁，使定陶成為貫穿中原的一個兵家必爭的地方。

此刻，荀彧站在定陶的城樓上向東眺望，以便觀察燕軍的動向。眺望一番之後，對身後的一個偏將說道：「這兩天燕軍可有什麼動向嗎？」

「沒有，韓猛龜縮在大營裡，沒有任何動作。上次相國大人的妙計使得韓猛損失慘重，韓猛肯定是知道相國大人的厲害，不敢來了。」偏將奉承道。

荀彧並沒有因此自滿，提醒道：「千萬不可驕傲自大，你身為將領，一定要懂得驕兵必敗的道理。我想，韓猛大概是在積蓄力量，等待援軍，一旦援軍到了，就會瘋狂的猛撲過來，傳令下去，讓全城士兵隨時做好戰鬥準備。」

「諾！」

這時，一個斥候跑了來，道：「參見相國大人，大王派援軍來了，幾位將軍正在縣衙等候相國大人，說有要事相商。」

「知道了。」

荀彧回到縣衙後，見曹純、李典、樂進、于禁來了，歡喜道：「你們來得真是太及時了……」

曹純不等荀彧把話說完，便呈上一個盒子，對荀彧道：「相國大人，此乃大王讓下官轉交給大人的，說大人一看便知。」

荀彧接過盒子，打開後，見盒子裡只放著一味藥材，那藥材他認識，是**當歸**。他抬起頭，狐疑地道：「怎麼是當歸？」

荀彧看著盒子裡那味名為當歸的藥材，皺起了眉頭，再翻看了一下盒子，卻空空如也。

曹純、李典、樂進、于禁也是一陣狐疑，面面相覷，猜不透其中的含義。

「會不會是下人放錯了東西？」樂進猜道。

「不會的，這是大王親手交給我的盒子，也是我親眼看著大王把這一樣東西放進去的，我可以斷定大王不會出錯的。」曹純搖頭道。

「那就怪了，大王放一味藥材進去，到底是何意？」于禁臉上也泛起了難色。

這時，荀彧咯咯地笑了起來，緩緩地說道：「我明白了大王的意思了，幾位將軍，大王可曾在你們臨行前有過什麼吩咐嗎？」

曹純道：「大王只說了一句話，讓我們全部聽從相國大人的調遣。」

接著，荀彧又詢問了一下曹純等人陳留的戰況，當得知燕軍分兵五路攻取魏國的時候，他不知不覺皺起了眉頭，又看了眼手中的當歸，自言自語地道：

「看來大王早已經謀劃好了出路，否則，也不會將中原這片大好的河山拱手相送……**當歸當歸，就是讓我儘快的趕回去啊**……一旦從定陶撤兵，燕軍就會形成夾擊之勢……」

曹純道：「相國大人，你說將大好河山拱手相送是什麼意思？」

「沒什麼，你們長途跋涉，也該累了，今天暫且休息一天，明天一早，立刻發兵攻打燕軍大營。」

只瞬間的功夫，荀彧已經在腦中想好了萬全之策，對曹純等人說道。

曹純、李典、樂進、于禁沒說什麼，四人「諾」了聲，便一同離開了大廳。出大廳，走沒幾步，曹純便停下腳步，對身後的李典、樂進、于禁三人說道：「你們跟我到房裡來。」

李典三人不明所以，跟了過去。

到了房間，曹純對李典、樂進、于禁道：「三位將軍，請坐。」

李典、樂進、于禁不明白為何曹純會突然把他們叫到房間裡來，都感到了一絲不尋常的味道。

曹純是曹仁的親弟弟，在整個魏國，一直作為虎豹騎的統領，備受曹操的信賴。雖然官職上並沒有李典、樂進、于禁三人高，但是掌握的是實權。

反觀李典、樂進、于禁，名為將軍，但是領兵不過千人，有時候還是光桿司令。

最鬱悶的是于禁，當時魏軍占領青州後，曹操先是任命于禁為青州刺史，領兵三萬駐防青州，以防止河北的燕軍。但是于禁當青州刺史才剛一個月，曹操就將他調回了昌邑，反而讓夏侯淵出任青州刺史，同時肩負其徐州刺史，統領青州、徐州所有兵馬。

李典、樂進、于禁三人坐了下來，拱手道：「不知道將軍有什麼事？」

曹純一臉鐵青地說道：「三位將軍跟隨大王也已經很久了吧？我記得，大王當年應邀起兵討伐青州黃巾的時候，三位將軍都已經投靠大王了，當時還是大王手下的一名牙將，對吧？」

李典、樂進、于禁都點點頭，卻沒有說話，望著曹純，期待著他的下文。

「三位將軍跟隨大王已久，出生入死，又多次扭轉戰局。李將軍，如果我沒記錯的話，你還替大王擋下了一支冷箭吧？」曹純繼續說道。

李典點點頭道：「都是些陳年舊事了，還提它做什麼？」

「呵呵，有些事提一下是有必要的。樂將軍，我記得你曾經替大王擋下一刀，那一刀還差點要了你的命，到現在你胸口的傷疤還清晰可見……」

「曹將軍，為大王出生入死，乃我之本分，雖死無憾。」樂進打斷了曹純的話。

于禁見曹純將目光移到自己身上，便自己先說道：「說來慚愧，我跟隨大王五年，大小戰鬥參加無數，卻從未替大王擋下過一刀或一劍……」

「唉……于將軍此言差矣。想當年青州兵犯上作亂，夏侯元讓嚴重失職，一時間無法阻擋，青州兵一度攻入大王主營，若非于將軍及時帶兵趕到，鎮壓了犯上作亂的青州兵，大王以及我等早已經去見閻王爺了，所以說，于將軍的功勞最大。」

說完，曹純再一次環視三人，接著說道：「我之所以將舊事重提，就是想讓三位將軍知道，三位將軍為魏王以及魏國所做的事情，連我都銘記於心，更別說是大王了。而且大王也常常在我身邊提起三位將軍，之所以一直把三位將軍留在昌邑，不讓三位將軍衝鋒陷陣，就是因為疼惜三位將軍，算是知恩圖報的一種表現。另外，三位將軍的官職和俸祿也遠遠高出我等曹氏、夏侯氏的將領，這足以看出大王對三位將軍厚愛有加。」

話音一落，李典、樂進、于禁三人心中的種種不平以及內心的不悅，在這一刻彷彿得到了釋放，好像真的就如曹純說的那樣，曹操不讓他們帶兵，把他們留在昌邑是為了他們好。而且，他們三個人的官職也確實比其他曹氏、夏侯氏的將領要高，俸祿也比他們多，這也是不爭的事實。

三人對視一眼，都感覺到曹純在給他們敲邊鼓，也明白曹純這番話的意思，但是三人和曹純相處不是一年兩年了，對曹純的為人很清楚，他們都認為曹純今天所說的話，很有可能是得到曹操授意的。

魏軍已經趨於敗勢，從剛才荀彧的話裡能聽出來，曹操有意讓荀彧從定陶撤軍，也就是說，放棄在中原立足的機會。**或許是曹操害怕這個時候內部會出現謀**

反的現象，所以借曹純之口，先給他們三人打一針預防針。

李典三人共事多年，默契非常，只需一個眼神便能互相瞭解，於是三人一番對視後，齊聲說道：「曹將軍，你儘管放心，大王對我們的好，我等是絕不會忘記的。」

「好！有三位將軍這句話，我也就放心了。相國大人讓我們明天去攻擊燕軍大營，必然是有其中的含義，三位將軍今晚請好好休息一番，明日一早，咱們共同上陣殺敵，再斬殺他十個八個燕軍的大將，也不枉來定陶一遭。」曹純見三人都表態了，便道。

出了曹純的房間，李典、樂進、于禁長出了一口氣。

李典首先打破沉默，說道：「你們覺得曹純那番話，是不是另有深意？」

「很明顯，還是大王對我們不放心，擔心我們會在這個時候背棄大王，故意借曹純的口來告訴我們。大王一向多疑，值此多事之秋，難免會有所擔心，換做是我，也會同大王一樣擔心吧。」于禁分析道。

樂進同意道：「此乃人之常情，大王待我等不薄，這個時候，我們又怎麼能背棄大王呢。如果背棄大王，對大王來說，肯定是雪上加霜的。」

「不知道這次能否抵擋得住燕軍的進攻，大王那麼多大風大浪都走過來了，但願能夠平安度過這次險關。」李典嘆道。

于禁搖搖頭道：「從當前的形勢來看，大王似乎已經有放棄兗州的打算，否則不會讓相國大人從這裡撤軍。我想，大王是想去潁川，前天夏侯淵不是秘密將大王的家眷給護送走了嗎？現在除了潁川還有一萬大軍足以抵擋燕軍的進攻外，其他地方早就是望風而降了。」

三人心裡各自揣著不一樣的想法，分別回房休息了。

第二天一早，曹純、李典、樂進、于禁便在城門口集結了兩千騎兵，荀彧也早早地等候在那裡。

荀彧今天穿著十分整齊，一身墨色長袍，頭上戴著一方綸巾，見曹純、李典、樂進、于禁四人帶著兵馬前來，便拱手道：「四位將軍，今日只需勝，不許敗，否則，你們很有可能在此全軍覆沒。」

于禁策馬向前一步，下馬向荀彧拱手道：「相國大人，末將斗膽問一句，既然大王送給相國大人當歸，相國大人也猜出了其中的意思，為何不迅速撤離此地，反而要先攻擊燕軍大營呢？」

荀彧道：「我這招是**以進為退**，如果我軍貿然撤退，韓猛的嗅覺靈敏，而且又是以騎兵為主，只需帶著數千騎兵追擊過來，就能一路上將我軍殺光殺淨。所以，要想安全離開此地，必須要先給韓猛一次重擊，所以，今天四位將軍的攻擊，顯得尤為重要。」

于禁點點頭道：「我明白了。」

說完，不再有疑問，翻身上馬，和曹純、李典、樂進等人一起出城。

燕軍大營矗立在定陶城外十里處，大營的寨門緊閉，門前高掛免戰牌，四周巡邏隊伍來往不絕，箭樓上的弓弩手也都嚴陣以待，絲毫沒有一點馬虎。

中軍大帳裡，韓猛端坐在正中位置，左手邊依次坐著張南、馬延、蔣義渠、淳于導四將，右手邊則是辛毗、逄紀、陳震、王修四位謀士。

在座的都是昔日袁紹的舊部，自從投降了高飛之後，韓猛倍受重用，出任並州刺史一職，其餘人雖然不同程度的都受到了重用。但是，正如高飛的舊部排斥文醜一樣，一些文武對袁紹這幫降將也十分的排斥，認為他們的出現擠占了自己在高飛心目中的地位。

好在高飛發現及時，處理得當，以興修水利、開發礦產等為理由，將這些人陸續調往並州，讓他們全部聽命於韓猛。

「剛剛接到軍師的飛鴿傳書，軍師的援軍今日便會抵達，諸位一會兒好好準備一番，我們也是時候一雪前恥了。」韓猛手裡拿著字條，對眾人說道。

自從韓猛率領部眾渡過黃河以來，先協同臧霸突破了魏軍在青州的防線，緊接著受命攻打兗州。

他以迅雷不及掩耳之勢快速西進，首先攻占了位於兗州東郡的重鎮濮陽，在濮陽城才休息一天，便奔襲百里，南下徑直攻取昌邑，並且成功占領。

一路上，韓猛的軍隊勢如破竹，在魏國略顯空虛的大後方如同進入無人之境。然而，在追擊荀彧的途中，卻中了埋伏，反被荀彧用計打敗，一下子便折損八千多的馬步軍。之後韓猛又試圖著三次攻打定陶，三戰三敗，使得他元氣大傷，軍隊的士氣低落。

不得已之下，他只能就地休整。他吃了四次荀彧的虧，而辛毗、逄紀、陳震、王修四人又看不透荀彧的計謀，他不敢再貿然進攻，便急忙飛鴿傳書給賈詡，讓賈詡率軍來親自對付荀彧。

所以，當賈詡的飛鴿傳書一到，他立刻恢復了往日的神情，更重要的是，他要一雪前恥，恨不得能夠將荀彧抓來生吃活扒了。

「太好了，軍師一到，荀彧定然會鎩羽而歸，我軍也可以乘勢西進，與主公採取合圍之勢了。」張南拍了下大腿，激動地道。

馬延、蔣義渠、淳于導也是如此，而辛毗、逢紀、陳震、王修四人則盡皆面帶羞愧之色，誰也不說一句話，只是一個勁的搖頭。

韓猛看後，便安慰地說道：「四位大人不必如此，前幾次大敗，並非四位大人的過失，而是本將太過莽撞所致。本將自渡過黃河以來，一路上連戰連勝，所過之處魏軍無人敢攔，使得我對敵人完全估計錯誤。而且本將率領騎兵在前，你們跟隨在後，根本沒有機會為本將出謀劃策。所以，四位大人並無過失。」

辛毗、逢紀、陳震、王修知道這是韓猛在安慰他們，雖然說第一次慘敗確實是韓猛輕易冒進所致，但是後面三次的小敗，則是因為他們沒有看透荀彧的計謀所致。

四次兵敗，使得韓猛一共折損了一萬兩千人的馬步軍，三萬雄師頓時銳減，使得他的兵力只比藏在定陶城裡的荀彧多出幾千人而已，並且士氣低落。

一連串的兵敗，使他變得謹慎，也讓他失去了多次對荀彧發動進攻的機會，逐漸轉成被動局面。

「話雖如此，可是後面三次兵敗，我等均有不可推卸的責任。」陳震嘆了口氣道。

逢紀酷愛道學，喜歡老子、莊子的學說，很有阿Q精神，見三位同僚面露愧疚之色，便說道：「世間萬物，陰陽互相結合，有陰必有陽。正所謂水至清則無魚，勝敗乃兵家常事，大家不必如此沮喪。相信軍師一到，必然會有破敵之策，我等到時候就可以一雪前恥了。《老子》云『人法地，地法天，天法道，道法自然』，我們應該遵循其說，一切都應該順其自然，萬事不可強求。」

在座的人都對逢紀這個假道士的話很頭疼，這傢伙不說話則已，一開口不是《道德經》就是引用《老子》、《莊子》裡的句子。

大家都沒理會逢紀，而逢紀自始至終都微閉著眼睛，盤坐在一張坐墊上，呼吸吐納，彷彿真的是一位得道的仙人。

韓猛忍不住想奚落逢紀幾句，便道：「逢大人，薊城裡就住著一位得道的高人，聽說他能預測出未來，當年主公尚且在遼東時，那位道人便一眼看出了主公是紫微帝星轉世，並且斷言主公三五年內必然會成為河北霸主，後來，此箴言果然應驗在主公身上。如此得道的高人，若是能夠帶領逢大人一起修道的話，想必用不了多久，逢大人就可以得道成仙了。不知道逢大人可有興趣去薊城拜師？」

「嗯，我也聽說了，你說的是左慈吧。不過，我和他不同，他是道士，我是鑽研道學，我並不想做道士……」

逄紀的話還沒說完，地面突然顫動起來。

其他人都是坐在胡凳上，只有他一個人席地而坐，對地面的震動感受最直接，臉上立刻變色，急忙叫道：「快！有敵襲！」

一個士兵從外面跑了進來，來不及叩拜，朗聲說道：「啟稟將軍，魏軍來了！」

在座眾人都吃了一驚，沒想到逄紀這傢伙說得那麼準，但是誰也顧不上去誇讚他，因為眾人已經感到地面的晃動了，所以能理解為什麼逄紀先他們一步知道有敵襲了。

「張南、蔣義渠、馬延、淳于導，快隨我出去一看究竟！」韓猛站了起來，大步流星地朝外走去。

「諾！」

第五章

斷頭將軍

士兵解開李典和樂進的繩索，兩人果然沒有妄動，因為他們看到前後左右的人都緊握手中的鋼刀，緊盯著他們，真有不軌舉動，估計還沒出手便會被砍成肉泥。

「要殺便殺，何必囉嗦，這裡只有斷頭將軍，沒有投降將軍！」

韓猛一出大帳，便急忙跑到寨門口，透過柵欄之間的縫隙，看到從地平線上奔來一撥雄壯的騎兵。心中一凜，暗暗想道：「奇怪，荀彧帶領的青州兵都是步兵，騎兵雖然有，但是充其量也就幾百人，哪裡來的那麼多騎兵？」

等到騎兵奔馳的近了，韓猛赫然看清其中一員大將的面孔，不禁失聲道：

「那是……于禁？」

對韓猛來說，于禁是他的老對手了，之前袁紹、曹操爭奪泰山的時候，韓猛、高覽曾經和曹操的軍隊在泰山一帶打過幾次小規模的戰鬥，迎擊他們的就是于禁。

五戰三勝，于禁一個人帶領一千人據山守險，硬是抵擋住了韓猛、高覽的五次進攻，其中三次憑藉著那麼一點人，將韓猛、高覽打得大敗。雖然當時高覽是主將，韓猛只是聽令行事，但是于禁還是給韓猛留下了很深的印象。

那張臉韓猛再熟悉不過了，他也知道，荀彧的軍隊裡根本沒有大將，而于禁的突然出現，說明了一件事，那就是定陶來援軍了。十天以來，荀彧守在定陶城裡，一直不主動進攻，今天的主動進攻，讓韓猛意識到了一絲危機。

「弓弩手嚴陣以待，沒有我的命令，任何人都不得出寨迎戰。」韓猛當即衝著全營士兵大聲喊道。

大營裡有一萬七千多人，騎兵在上次中了荀彧埋伏的時候幾乎全軍覆沒，只逃出來數百騎，所以，大營裡的騎兵不多，步兵卻有很大的比重。韓猛見對方來了大約兩千騎兵，便沒打算出寨迎戰，為了安全起見，他選擇堅守營壘。

於是，許多士兵紛紛聚集在營寨邊，弓箭手張弓搭箭，其餘的士兵拿出連弩，一旦敵人靠近射程範圍，便萬箭齊發。

曹純、李典、樂進、于禁四人並排前行，看到燕軍大營防守森嚴，同時勒住馬匹，停在燕軍的射程範圍外。

于禁銳利的目光立刻注意到了韓猛的所在，淡淡地說道：「沒想到昔日袁紹的舊將依然健在，而且還成了燕軍的一員大將……」

曹純順著于禁的目光看了過去，問道：「你說的是韓猛嗎？」

「嗯，他是袁紹的舊部，投降高飛之後，還受封為十八驃騎之一，只是這兩年好像銷聲匿跡了，我以為他後來被高飛殺死了呢，沒想到居然活得那麼好，還成為了率領千軍萬馬的大將？」于禁道。

「哦，是你的老對手了。我記得當年的泰山之爭，和你戰鬥的就有韓猛吧？」曹純道。

「嗯。」于禁不再說話了，目光裡流出了一絲異彩，轉瞬即逝，身邊的人誰也沒有發覺，目光看著韓猛，心中卻很不是滋味。

「不管對方是誰，都要按照相國大人的計策來辦，將他們引出來，引到相國大人的埋伏地點，聚而殲之！」曹純緊綽手中長槍，橫在胸前，厲聲說道。

于禁第一個策馬而出，向前走了一段路，將手中的長槍挺起，衝著大營裡的韓猛喊道：「韓伯舉！還認識本將嗎？」

燕軍大營內，韓猛冷笑一聲，答道：「化成灰我都認識你！」

「既然識得，可敢與我一戰嗎？」于禁縱馬舉槍，躍躍欲試，看上去十分的驕狂。

韓猛答道：「兩軍陣前，比拼的是勇氣和智謀，大將單挑，也是莽夫所為。于文則，如果你有本事，就率領騎兵來攻克我的這座營寨吧！」

如果擱在以前，韓猛會毫不猶豫地答應，並且與之單挑，然後大戰一番，鬥個你死我活。但是現在不同了，他身為大軍主將，如果有個什麼閃失，那麼他的部下將置於何處？所以，他借用了兩年前鄴城城下張遼拒絕他單挑時的話，直接套用。

于禁聽後，哈哈大笑道：「原來當年袁紹帳下的四大將之一的韓猛不過是浪得虛名，居然膽小如鼠，不敢應戰！」

這時，于禁身後的魏軍騎兵都紛紛起鬨，異口同聲地道：「韓猛小兒，膽小如鼠，早早歸降，可免一死！」

「將軍，末將願意出去和于禁一戰！」張南聽後，憤恨不已，立刻抱拳道。

「將軍，末將也願意出去迎戰于禁！」蔣義渠也站了出來。

馬延、淳于導也抱拳道：「末將也願意一同前去！」

韓猛笑道：「四位將軍不必如此，我軍營壘堅固，縱然敵軍有兩千騎兵，也不足為慮。只需堅守，不許出戰。」

「可是將軍，他們欺人太甚了！」馬延不滿地道。

「**這是敵將的激將法，故意激我出去迎戰**，既然魏軍增派了援軍，而且前來攻打營寨，就不會只派這點騎兵，而且還是在大白天明目張膽的來，其中必然有詐。只要我軍堅守營壘，量他們也奈何不得我們。保存實力，等待軍師到達才是上善之策。」韓猛笑道。

「刺史大人說得對，如果魏軍真的想攻打營寨，就不會只派這點兵力前來，必然是想引誘我軍出戰，然後故意詐敗，將我軍引入埋伏圈而已。這一次錯不了啦，定然又是那個荀文若的奸計。」辛毗從人群中擠了出來，剛好聽到韓猛的話，便緩緩說道。

韓猛道：「我軍營壘堅固，只要堅守，諒他們不能奈我們如何，一旦他們強行攻擊，就立刻予以射殺。」

張南、馬延、蔣義渠、淳于導同時答道：「諾！」

「你們四個，分別各帶著本部兵馬去營寨四角，讓全軍士兵皆用連弩防禦，只要進入射程，不用再等命令，自己便可射殺，替死去的將士們報仇！」

韓猛擔心敵人會從營寨的其他地方突破，便開始分兵防禦，以燕軍特有連弩的威力，發出的弩箭足可以抵擋住兩千騎兵。

張南、馬延、蔣義渠、淳于導四個人應了一聲，便各自帶著本部人馬分別朝營寨的四個角移動。

營寨外面，于禁見韓猛等人沒有動靜，又亂罵了一通。

可是他的罵聲就像石沉大海，沒有掀起一絲的波浪。韓猛只是一個勁的看著自己，就連回答也不回他了。

他罵得嗓子都冒煙了，見對方沒有任何反應，氣得肺都快炸了。他調轉了馬頭，回到本陣後，對曹純、李典、樂進三個人說道：「今日之韓猛，已經今非昔比了，若是在以前，他肯定會應戰的……」

「軟的不行，就來硬的。集中所有兵力，尋找大營最薄弱的地方，展開猛攻，非要讓敵軍迎戰不可！」

曹純啐了一口唾沫，對于禁的罵陣之計十分失望，眼神中更是充滿了鄙夷的味道。

「不行，韓猛擅於防守，你看這座大營，裡外皆有士兵走動，何況強攻大營肯定會損失嚴重，燕軍的弩箭陣非常的厲害，聽說可以連續發射十次弩箭，我軍皆是騎兵，不宜抵擋弩箭的攻擊。以我看，不如另想他策。」于禁道。

「前怕狼，後怕虎，豈是大丈夫所為？怪只怪相國大人沒有說怎麼樣誘敵，否則我們怎麼可能會陷入如此進退兩難的尷尬境地。」曹純埋怨道。

李典尋思片刻道：「或許，相國大人的意思並非是讓我們強攻敵軍大營，只說今日攻打敵軍，將其誘入埋伏地點即可，我想，這可能是相國大人欲蓋彌彰，說不定相國大人這個時候已經從定陶撤軍了。」

「有道理，我建議派一個人回去看看，反正才十里地，也不遠，如果相國大人真的撤軍了，我們就再拖延一點時間，然後也撤軍。以我們騎兵的速度，絕對能夠趕上相國大人。」于禁說道。

「胡說八道，我看你們三個是串通一氣，根本就不想進攻敵軍。如果相國大人真的是要撤退的話，為什麼不明言？還要繞那麼大一個彎？」曹純啐道。

「很簡單，因為相國大人怕告訴了我們，我們會不盡心盡力的攻打敵軍營寨，他是想讓我們故意折損一些兵馬，以掩護大軍撤離。」于禁分析道。

這時，李典突然想起一件事，急忙對曹純道：「對了，曹將軍，出城之後，我們沒走多遠，相國大人當時喊了一句話，說什麼知難而退，不要強求。我想，這應該就是相國大人的本意吧？」

一直沒有說話的樂進張口說道：「你們別猜了，相國大人這個時候已經撤軍了，估摸著已經遠離定陶城了。」

「你說什麼？」曹純驚詫地道。

樂進從懷中取出一張寫在帛上的信，交給曹純、于禁、李典三人傳閱。

曹純三人將頭湊在一起，將那封信看完後，頓時恍然大悟，道：「相國大人是何時將這封信交給你的？」

「昨夜！」

樂進一向穩重，沉默寡言，是四人中最值得信任的一個。所以，荀彧早在昨天就安排好一切，寫好書信，交給樂進，並且把事情真相都告訴了樂進，讓樂進見機行事，在合適的時候拿出此信。

信上，荀彧將自己的計策寫了出來，他是故意拿這支兩千人的騎兵隊伍當誘餌，也料定韓猛不會出戰，也算定了他們會因為攻打營寨而產生分歧，所以才會安排最值得信任的樂進來傳遞此書信。

「真沒想到，你隱藏的那麼深！」李典和樂進一向關係很好，也被樂進矇騙了過去。

「我一切都按照相國大人的意思辦事，還請三位將軍見諒。」樂進抱拳賠禮道。

三人還來不及回答，便聽見一陣急促的馬蹄聲，急忙向四下望去，但見四野裡馳來許多燕軍的騎兵，四面八方的到處都是，差不多有四五千騎兵。

「糟糕，是燕軍騎兵，定然是燕軍的援軍，怎麼來得那麼快？」曹純心中一驚，立刻意識到不妙。

「還等什麼？快撤！再不走就被全部包圍了！」于禁第一個喊了出來。

「慌什麼？沒我的命令，誰也不准撤，我們一旦撤退，他們就會立刻咬住相國大人，相國大人那裡押運的還有糧草，必須給相國大人爭取足夠的時間。」曹純道。

李典、樂進都沒有異議，重重地點了點頭，表示願意聽從曹純的指揮。

但是，于禁則不一樣，他看到韓猛的臉上露出了一絲喜悅，同時拔出了腰中佩戴著的鋼劍，指揮著士兵打開寨門，一幫手裡端著連弩的士兵便朝外衝了出來，開始不停地扣動機括，弩箭也一支一支的從弩機下面裝載的箭匣子裡射了出來。

「嗖！嗖！嗖……」

矢如雨下，周邊一排騎兵立刻死在箭矢之下。

這個時候，燕軍的騎兵越來越近，騎兵們並沒有受到任何的指揮，也沒有看見有什麼大將，但是不知道為什麼，這支騎兵卻非常有秩序，行動配合的十分默契，一瞬間便形成了合圍之勢，然後向魏軍壓了過去。

于禁這會兒想跑都跑不了啦！只能跟在曹純身邊，集中所有兵力朝一個地方猛攻了出去。

曹純認為敵軍群龍無首，即使騎兵再多，沒有騎將的帶領著衝鋒，也是一盤散沙。不過，曹純這一次估計錯了。他帶著騎兵試圖兩次衝突出去，損兵折將不說，還連續兩次都沒有衝出去。

燕軍大營中，韓猛早已跨上馬背，握著手中的鋼劍便跑了過來，朝著于禁大聲喊道：「于文則，敢來和我一戰嗎？」

「大丈夫不與小人爭鬥，改日再戰！」于禁見韓猛帶著八百多騎從營寨中殺了出來，急忙說道。

這時，東北方向出現了幾匹馬，為首的一個正是賈詡，賈詡身後則跟著鮮于輔、田疇、難樓三人。

賈詡正端著望遠鏡觀戰，看到之後，立刻下令道：「難樓，圍殲。」

難樓二話不說，策馬狂奔，當即指揮自己的五千部眾。

這支騎兵雖然穿著燕軍衣服，但並不是正規的燕軍，是賈詡臨時從已經更名為烏丸的烏桓人那裡徵集的，因為燕軍的騎兵不夠，所以只能先臨時拼湊了幾支騎兵，都給他們穿上了燕軍的衣服。

所以，這次賈詡說帶了十萬兵馬南渡黃河，其實只多不少，因為烏丸的五萬騎兵也加入了其中，也正是因為如此，才使得臧霸、韓猛能夠連續長途跋涉，勢如破竹般的攻打魏國的大後方。

此刻，曹純、李典、樂進、于禁等魏軍騎兵全部被難樓的這股生力軍給包圍住了，左衝右突都衝不出去。

韓猛見難樓一出現，便策馬來到難樓的身邊，笑著說道：「你們來得真是太及時了，再晚一點，只怕這股騎兵就要逃走了。」

難樓笑道：「此乃軍師用兵如神，早就派出了斥候在定陶附近，一路上不停的傳遞消息，把信鴿都給累死了好幾隻。」

韓猛面帶愧疚地說道：「難樓大人，前幾天由於我的過失，導致一萬烏丸突騎兵只剩下八百多騎，我……」

難樓急忙打住韓猛的話，說道：「勝敗乃兵家常事，烏丸既然已經徹底歸順了主公，就是燕國的人，不再分什麼彼此，烏丸誓與主公共存亡，只要主公需要，烏丸人就算戰到最後一兵一卒，也無怨無悔！」

高飛在烏丸人的心中有著很高的地位，烏丸原本叫烏桓，是游離在塞外的遊牧民族，分散在幽州各郡，各部之間也互相爭鬥，一直沒有得到過真正的統一。

可是，自從烏桓歸順高飛之後，高飛大刀闊斧地對烏桓施行改革，讓烏桓人近一步漢化，賜給他們遼西、昌黎兩地居住，並且大力提倡漢人和烏桓人通婚。

經過幾年的發展，烏桓人基本上習慣於被高飛所統治，雖然還過著半耕半牧的生活，沿用先祖留下來的生活方式，但基本上已經接近了漢人。

烏桓人雖然保留大單于的稱號，但是大單于必須由高飛任命，這也就等於高飛完全掌控了烏桓人。

高飛率兵驅走了廣袤草原上烏桓人的死敵鮮卑人，將大好的草原空了出來，並且專門劃出幾塊地方作為烏桓人的牧場，大力支持烏桓人搞畜牧業。

正因為如此，燕軍軍隊裡的戰馬，都是選自烏桓人在草原上牧養的。當然，是要用錢交換的，這也大大刺激了烏桓人的經濟。於是，烏桓人現任大單于丘力居在召開了各部會議之後，正式將烏桓更名為烏丸，並且永久的接受燕國的統治，將自己看做是一個燕國人。

這股騎兵的突然殺出，令曹純、李典、樂進、于禁等人陷入重圍，四人面面相覷，他們現在除了死戰，只剩下投降了。因為荀彧根本沒有估算到賈詡會來得那麼快，現在若想活命，不是奮力死拼殺出重圍，就是投降。

混戰還在繼續，魏軍、燕軍的騎兵不停地從馬背上落下，噪雜的聲音，悲慘的叫聲，馬匹的嘶鳴聲混在一起。鮮血如注，肢體亂飛，只一會兒廝殺，兩千魏軍騎兵只剩下數百騎兵了……

曹純、李典、樂進、于禁四人見燕軍包圍得越來越緊，根本無法突圍，便將剩餘的數百騎兵全部聚集在一起。

「糟糕了，衝不出去了！」于禁看了看，四周都是燕軍的騎兵，沮喪地說道。

曹純一身血污，眼中射出攝人的殺氣，心中暗想道：「如果我率領的是虎豹騎，早就衝出重圍了。」

李典、樂進也是一身血污，兩個人緊緊地貼在一起，並舉著雙槍，對曹純、于禁說道：「無論如何，都要有一個人離開這裡，將燕軍援軍已經抵達的消息通知給相國大人。我們兩兄弟願意在此死戰，拖住敵軍！」

「我的馬快，你們全力拼殺，助我一臂之力，我衝出去後，一定會想方設法來救你們的。」于禁聽後，立刻叫道。

曹純鄙夷地看著于禁，心中暗罵于禁無恥。他當機立斷，對李典、樂進道：「我和于將軍在前開路，給李將軍、樂將軍殺出一條血路，兩位將軍衝出重圍後，請保護好相國大人！」

于禁心想：「曹純這不明擺著是要害我嗎？」

李典、樂進對視一眼，同聲答道：「請兩位將軍離開，我等二人斷後！」

曹純厲聲道：「別爭了，就這樣定了。以我的武力和于將軍指揮軍隊的能力，足可以送兩位將軍離開此地，若一再耽誤下去，只怕我們誰也別想出去。」

「那你們怎麼辦？」李典、樂進問。

曹純道：「我們自然會隨後衝出去，不要為我們擔心！」

說完，曹純扭臉便了眼于禁，見于禁面無表情，眼神裡也看不出什麼異常，便拍了一下于禁的肩膀，說道：「文則，你我一向是並肩作戰，今日我們當拼盡全力，助李典、樂進兩位將軍衝出重圍，之後，我們再突圍，你覺得可好？」

于禁點點頭，但是心裡卻不是那麼想，在他看來，這是曹純故意在整他。可是這支騎兵都是曹純的別部，容不得他說半個不字。所以，**他能做的，只有暫時隱忍，正所謂小不忍則亂大謀**。

曹純見于禁同意了，便道：「既然如此，事不宜遲，李將軍、樂將軍，請跟隨我們身後。」

話音一落，曹純縱馬挺槍，對部下大聲喊道：「都跟我來！」

于禁無奈，只能跟隨著曹純而去。

其實，曹純並不是故意要害于禁。只是，四個人中，曹純武力是最高的一個，而論指揮軍隊的能力以及洞悉戰場的變化，于禁是最出類拔萃的一個。可是不知道為何，曹純感到今天的于禁，從燕軍騎兵一出現開始，便一心想著逃跑，根本沒有集中精神去想如何突圍。

所以，他想給于禁一點壓力，正如幾年前于禁以八百步卒斬殺青州兵的叛軍時，要他力挽狂瀾。

事實證明，于禁確實有這個能力，但曹純卻忽略了最關鍵的一個問題，那就是**于禁自己到底願不願意去做**！

「殺！」

曹純在和幾個人談話的時候，早就注意到了燕軍西南方向比較薄弱，便帶著眾人，一馬當先的衝了過去。

這一次，曹純、李典、樂進、于禁等人都使出了渾身解數，想以最快的速度衝出重圍，因為拖得越久，對他們越不利。

韓猛、難樓匯聚在一起，看到曹純朝西南方衝了過去，再看西南方向的騎兵較少，便立刻策馬朝西南方趕了過去。

四條長槍同時並舉，曹純、李典、樂進、于禁一起奮力衝殺，身後的士兵也都各個倍顯勇猛。

「轟！」

一聲巨響，兩邊騎兵衝撞在一起，立刻有不少人人仰馬翻。曹純、李典、樂進、于禁四個像四把尖刀一樣，直接插在燕軍騎兵的身體裡，勢如破竹，所過之處，燕軍騎兵盡皆落馬。

于禁面帶興奮，因為他看到了一絲希望，抖擻了下精神，打起十二分的鬥志，斜眼看了曹純一眼，暗想道：「只要我能衝出去，我才不會那麼傻，和你一起斷後呢！」

遠處，賈詡看到魏軍快要衝出重圍了，急忙對身後的鮮于輔、田疇二人說道：「曹純身為魏軍虎豹騎的首領，武力過人，韓猛雖然可以擋住他，但李典、樂進、于禁也非無能之輩，必須要有人阻止，難樓一人難以抵擋他們三個人，你們兩個前去支援，不可與之死拚，只要能纏住他們不讓他們逃走即可。」

鮮于輔、田疇道：「諾！」

二人聽後，立刻策馬而出，於是高坡上只剩下賈詡一人。

「啊……」

隨著一聲慘叫，于禁第一個衝出了重圍，他的臉上洋溢著一絲喜悅，連頭都不回，便策馬狂奔，向著遠處跑去。

哪知，韓猛、難樓帶領的騎兵及時趕到，迅速阻擋住了他的去路，而且正虎視眈眈的朝自己而來。

他料自己難以抵擋，急忙調轉馬頭。剛好看到曹純、李典、樂進三個人還未殺出，便挺槍殺了回去，同時大叫道：「我來助你們一臂之力！」

說完，自己便殺了回去。

曹純、李典、樂進三人見于禁去而復返，都很受感動，一時間奮力拼殺，連續刺死了十幾個燕軍騎兵，四人重又匯聚在一起。

「韓猛帶人堵住了退路，三位將軍請看東北角，那裡只有一騎，正是燕軍的三軍總軍師賈詡，如果能擒獲他，此圍必解！」于禁一經和曹純、李典、樂進照面，立刻說道。

曹純、李典、樂進對于禁的見解十分贊同，當即道：「好，一起殺過去！」

于禁搖頭道：「不行！需要分兵而進，如果一起殺過去，敵軍必然能看出我們的意圖。」

曹純道：「如何能夠衝出重圍，請于將軍明言！」

于禁邊戰邊看了眼他們剩下的騎兵，差不多還有五百人，便道：「李將軍、樂將軍帶領三百人在陣中左衝右突，別讓敵人看出意圖，最好像個無頭蒼蠅亂撞，讓敵軍誤以為我們已經進入困獸之鬥的階段。我與曹將軍各自率領一百人兵分兩路，伺機轉到東北角，然後奮力殺出，直撲賈詡。」

「此計甚妙！」曹純聽後，頓時喊了出來，笑道：「擒賊擒王，文則妙計定然能夠擒獲賈詡，看來文則果然是不負眾人所望啊。」

于禁微微笑了一下，什麼都沒說，但是眼睛裡卻流露出一絲邪念，轉瞬即逝，誰也沒有發覺。

於是四人將僅剩的五百騎兵一分為三，于禁、曹純各帶一百人，李典、樂進同帶三百人，分兵之後，立刻展開行動。

只見李典、樂進帶著三百人在燕軍的包圍圈中左衝右突，毫無目的的隨意攻伐，曹純、于禁則分兵兩路，採取迂迴戰術，慢慢地繞到東北角。

曹純最先抵達，二話不說，立刻展開猛攻，他的武力過人，所過之處，攔者皆死，但是由於敵軍人多，他的人少，想衝出去還是十分困難。

于禁抵達東北角後，見曹純被包圍在裡面，立刻對身後的騎兵說道：「你等支援李將軍、樂將軍，我去幫曹將軍，有我在，曹將軍不會有什麼事的。」

眾人「諾」了聲，向回殺去，很快便和李典、樂進會合在一起，繼續在包圍圈中來回衝突。

于禁單槍匹馬的朝著曹純那邊衝了過去，見曹純的一百騎兵已經死得差不多了，此時還剩下不到三十騎，心中暗想：「機會來了。」

他離曹純越來越近，又連續刺死幾個騎兵後，這才衝到曹純身邊。

曹純見于禁單馬而來，而且自己這邊殺得又很吃力，問道：「文則，為什麼此計行不通，只感覺敵人越來越多，並不似你說的那麼簡單？」

于禁道：「曹將軍，看來是我估算錯誤了，不過……曹將軍小心後面！」

曹純聽後，心中一驚，急忙轉身回槍格擋，哪知看到的是自己的一個部下，根本沒有什麼敵人。

突然，從身後傳來一股冰冷的涼意，自己的身體被一桿長槍刺穿，槍頭透體而過。

他看著那鮮血淋淋的槍頭，眼睛裡登時充滿了疑惑，側過臉，看到持槍的人正是于禁，「哇」的一聲，口中吐出許多鮮血，問道：

「為什麼？為什麼你要……」

不等曹純把話說完，于禁便抽出腰中的佩劍，寒光在曹純面前一閃而過，曹純的腦袋便直接被砍飛了。

于禁丟棄長槍，伸手接住曹純的頭顱，朝賈詡那裡衝了過去，他將曹純的頭顱高高的舉起，大聲喊道：「我投降！我投降！」

賈詡一直在觀察著戰場，此時看到于禁提著曹純的頭，高聲喊著「我投降」的話，立刻喊道：「讓開一條道路，放于禁過來！」

隨著賈詡的一聲令下，燕軍的士兵便給于禁讓開一條路，數百名騎兵自動聚集在左右兩側，嚴陣以待。

于禁提著曹純的人頭，來到賈詡的面前，他將手中的兵器盡皆丟在地上，然後翻身下馬，取下頭上的頭盔，單膝下跪，雙手捧著曹純的人頭，對賈詡說道：「敗軍之將于禁，特獻上曹純首級，前來歸順大人麾下，還望大人能夠成全！」

賈詡掃視了一眼前方混亂的戰場，李典、樂進二人還在帶兵廝殺，對這邊發生的一舉一動似乎並沒有注意到，而曹純一死，其部下也陸續被燕軍騎兵殺死，李典、樂進雖然在，不過是在做困獸之鬥，面對十倍於他們的燕軍，戰死或者被擒是遲早的事。

「你就是于禁？」賈詡的臉上沒有一絲的表情，冷漠地看著于禁。

「正是在下！」

賈詡「嗯」了一聲，對手下人說道：「將他綁了！」

于禁臉上一怔，還沒反應過來，幾名士兵便立刻跳下了馬背，強行將他按在地上，然後進行捆綁。

「大人……大人……我是來投降的，我是來投降的啊……」

于禁一臉的錯愕，試圖掙脫，然而壓制著他的是兩個力士，將他按得牢牢的，由不得他胡亂晃動。

賈詡冷笑一聲，道：「我知道你是來投降的，不過，你賣主求榮，貪生怕死，為了自己的利益，不惜殺害和你共事多年的同僚，似你這等無君無父之人，留你何用？」

于禁急忙解釋道：「大人……我是真心歸降的，我殺曹純，是為大人除去一個大患，我也是為大人著想啊……」

「嘿嘿，我還沒有准你投降，你就先為我著想了，**兩軍對戰，只有敵友，我們兩軍是敵非友，你卻為敵人著想，可見你內心奸詐無比**。于文則，你的大名我早有耳聞，本來我還有收降你的意思，可是你竟然不戰自降，還在同僚背後捅刀子，這種人留著也是禍害。如果你是單槍匹馬的來投降，或者是戰敗被俘而降，至少我還對你有點尊重，可惜你的做法讓我實在失望了。」賈詡板著臉，看著五花大綁的于禁，帶著憤怒說道。

于禁做夢都想不到，他的示好居然換來這樣的結果。他本以為殺了曹純，自己投降過來算是有功勞的人，至少一開始就可以在燕軍陣營裡做到將軍。可是，**他錯了，他遇到的是賈詡**——這個擁有高人一等智謀、敏銳目光、鐵石心腸的毒士，也活該他倒楣了。

「先將他押到一邊去，待抓了李典、樂進之後，再行發落。」賈詡擺擺手，示意士兵將于禁帶下去。

于禁大叫道：「我不服……我不服……賈文和，我不服……」

賈詡看了眼地上曹純的人頭，嘖嘖說道：「可惜了，一代名將竟然死在這樣一個奸詐小人的手上。來人啊，尋找曹純屍體，將頭顱縫在一起，派人就近厚葬。」

「諾！」

賈詡策馬向前走了一段路，下令道：「全軍出擊，除了李典、樂進外，其餘不降者，全部予以誅殺，務必要活捉李典、樂進！」

傳令兵吹響了全軍衝鋒的號角，站在外圍觀戰的韓猛、難樓、鮮于輔、田疇四人聽見後，立刻帶著騎兵撲了上去，牢牢地將李典、樂進包圍在一起。

一場混戰後，魏軍騎兵盡皆戰死，韓猛、難樓輕而易舉的將李典、樂進逼得無路可走，之後用套索將二人制服，士兵將他們給捆綁了起來。

這時，賈詡已經率領餘部進入大營，營外戰事一了，自有人去收拾屍體，清掃戰場，所有燕軍文武將領都進入中軍大帳。

大帳裡，文武互相寒暄著，賈詡坐在上首位置，又和眾人聊了幾句，這才迎來韓猛、難樓、鮮于輔、田疇四人。

四人跨進大帳，見到賈詡後，齊聲拜道：「參見軍師！」

「四位將軍不必多禮，請入座吧。」賈詡說完，便衝外面喊道：「帶俘虜！」

士兵將于禁扭送了進來，一把將他推倒在地，牢牢地按住。

于禁看到賈詡，大聲喊冤道：「大人，請你相信我，我是真心投降的，我保證對燕王死心塌地，絕對不會……」

賈詡喝令道：「將他的嘴給堵上！」

士兵將于禁的嘴給堵上後，賈詡接著說道：「你保證？你連自己是死是活都無法預測，如何能夠知道未來的事？」

這時，李典、樂進也被推了進來，兩人扭動著虎軀，不滿地吼道：「推搡什麼？我又不是不知道走！」

「呵呵……」賈詡看到李典、樂進，朝士兵擺擺手道：「你們先下去吧，這裡用不著你們了。」

賈詡站起身來，朝李典、樂進拱手道：「讓兩位將軍受罪了……給兩位將軍鬆綁！」

韓猛聞言，馬上抱拳道：「軍師，不可鬆綁，這兩人很危險，一旦鬆綁，怕很難制服他們。」

賈詡道：「無妨，有眾位將軍在，諒他們也不敢亂來。」

於是，士兵解開李典和樂進的繩索，兩人果然沒有妄動，因為他們看到前後左右的人都緊握手中的鋼刀，緊盯著他們兩個，如果真有不軌舉動，估計還沒出手便會被砍成肉泥。

「要殺便殺，何必囉嗦，這裡只有斷頭將軍，沒有投降將軍！」

李典、樂進明白賈詡這樣做的目的，卻不知道為什麼賈詡只放了他們兩個，而不把地上的于禁一起鬆綁。說也奇怪，自從分兵之後，于禁、曹純都消失了，這會兒只見到于禁，卻沒有見到曹純，或許曹純已經逃出去了?!

賈詡笑道：「兩位將軍的表現，才真正堪稱將軍的稱號，反觀于文則，與你們相差太遠。居然臨陣倒戈，斬殺曹純來換取自己的前途，實在是人人得而誅之！」

李典、樂進聽後，臉上瞬間變色，問道：「你說什麼？曹純被于禁殺了？」

「不信嗎？這裡可有許多證人呢，你也可以當面和于禁對質。」

「畜生！這種事你居然也幹得出來！」

「賣主求榮，不得好死！」

李典、樂進紛紛發洩心中的憤怒，將于禁痛罵了一頓。

「兩位將軍現在是不是很想殺了于禁，給曹純報仇，甚至是替死去的人報仇？那不如我成全兩位將軍好了，讓你們親自手刃仇人，讓于禁以血還血，以牙還牙，如何？」

李典、樂進都怔住了，對賈詡的話將信將疑。

「對不起，恐怕讓你失望了，我們是不會自相殘殺的。」李典、樂進斷然拒絕了這個提議。

「既然如此，那就由我軍來代勞吧。殺于禁，也算是對曹純在天之靈的一種寬慰。」賈詡當即道：「淳于導，于禁就交給你處理了。」

淳于導「諾」了聲，提著于禁走出大帳。

于禁眼裡露出了無比的驚恐，使勁地搖頭，可是他的嘴被堵得嚴嚴實實的，根本無法開口說話。

淳于導是個大力士，拎著于禁就像老鷹抓小雞一樣，將于禁帶出帳外後，便一把將于禁扔在地上，抽出佩戴的鋼刀，道：「我要替死去的兄弟們報仇！」

寒光一閃，手起刀落，于禁的人頭便和身體分開了，淳于導帶著于禁的頭進了大帳，將人頭往地上一丟，拱手報告道：「啟稟軍師，末將幸不辱命，已將于禁殺了。」

賈詡看了眼李典、樂進，見兩人仍是沒有一點懼意，說道：「兩位將軍，于禁該死，已經被殺了。兩位將軍的表現，讓我很是看重。如今魏軍大勢已去，不出半月，魏國必滅，正所謂良禽擇木而棲，良臣擇主而事，兩位將軍都是有將才的人，以後的日子還長呢，難道就喜歡這麼年紀輕輕的就死去嗎？」

李典、樂進朗聲道：「勸大人還是別浪費脣舌了，我們生是魏國的人，死是魏國的鬼。」

「真沒想到，兩位將軍竟然如此忠心。我賈詡最敬重忠義之士，既然如此，我也不為難你們，來人啊，給兩位將軍各準備一匹上好的馬，送兩位將軍安全出營！」

李典和樂進聞言，竟然一時愣在那裡，不敢相信會有這麼好的事。過了好一會兒，兩人才反應過來，問道：「大人說話可曾算話？」

賈詡道：「君子一言駟馬難追，兩位將軍，請吧！」

李典、樂進對視一眼，雖然並不言語，卻心意相通，同時拱手向賈詡拜道：「大人今日不殺之恩，我等若有機會，定當報答。大人保重，我等告辭！」

韓猛等人見狀，急忙出來阻止道：「軍師，放了他們兩個，無異於放虎歸山啊，就算軍師愛惜他們的將才，也不能就這樣放走他們啊，不如將他們暫時關押起來，等以後再做定奪……」

賈詡揮揮手道：「我自有分寸，你們都無需多言。李將軍、樂將軍，請！」

李典、樂進再次向賈詡拜了拜，轉身便向外走去，早有人在帳外給他們準備好馬匹，兩人騎上馬後，大喝一聲，便飛馳而去。

大帳裡。

韓猛、難樓、鮮于輔、田疇、張南、馬延、蔣義渠、淳于導、辛毗、逄紀、陳震、王修等人對賈詡做出的決定都非常的不贊同，每個人的臉上都掛著忿忿之色。

賈詡心知肚明，見李典、樂進出了大營，剛才和悅的臉上陡然生變，一臉陰沉地厲聲說道：「韓猛、難樓、張南、馬延、蔣義渠、鮮于輔，你們六個各自帶領五百騎兵，即刻出營，尾隨李典、樂進，把李典、樂進兩個再給我抓回來！另外，你們沿途一路西進，儘快趕上荀彧撤退的軍隊，然後一路追擊，我起大軍隨後接應。」

韓猛六人都感到很吃驚，怎麼才放走他們，又要將他們抓回來。六人不解地道：「軍師，荀彧怎麼會撤退呢？」

「來不及解釋了，你們火速出營，應該能夠趕上荀彧。記住，只可從後追擊，不可與之硬戰，遵循『**敵退我打，敵進我退**』這八個字。還有，抓到李典、樂進後，將他們兩個送回到我這兒，我自有辦法讓他們兩個投降。」賈詡令道。

六人見狀，不再多問，「諾」了聲，調集三千騎兵，迅速出營。

賈詡留下逄紀和一千士兵留守大營，並且負責將糧草押運至定陶城，其餘人馬全部跟隨他向西而進。

荀彧退走的消息，早就傳到賈詡的耳朵裡了，賈詡很早就安排斥候埋伏在定陶邊緣，當斥候見到荀彧帶領大軍撤退時，急忙發送飛鴿傳書給賈詡，賈詡因而對荀彧的行蹤掌握的非常明確。

第六章

水淹陳留

高飛問：「挖掘蓄水大池，大概需要多少人力，多少時間？」

「一萬人足矣，一天時間即可。」郭嘉答道。

高飛道：「很好，太史慈的一萬大軍正好派上用場。奉孝，你讓太史慈就地挖掘蓄水大池，咱們就來個水淹陳留！」

此刻，李典、樂進遠離燕軍大營，兩人赤手空拳，身上一件兵刃都沒有，雙手拽著馬韁，只顧向西不斷地奔跑。

兩人跑出差不多五里多地，見座下戰馬累得快跑不動了，才發現兩匹戰馬都非常瘦弱，根本是劣質的戰馬，能從燕軍大營跑到這裡，已經算是很不錯了。

當時兩人急著出營，根本沒有來得及去看座下戰馬是何等樣子，騎上便走，只想儘快離開燕軍大營，生怕走不掉。

李典從馬背上跳下來，看了眼同樣苦惱的樂進，氣憤地說道：「賈詡明說放我們走，卻偏偏給我們這樣的馬匹，這也叫放嗎？」

樂進搖搖頭道：「賈詡十分誠懇，確實是想放了我們的，可是他手下的那些將領不願意，尤其是韓猛極力反對。我看，八成是韓猛那些人在背後搞鬼。」

李典覺得樂進說的也頗有道理，便道：「此地不宜久留，我們還是趕緊離開這裡吧，這兩匹馬不要也罷，我們徒步回定陶，先看看情況再說。如果相國大人真的已經撤退了，我們就快點追上相國大人，將兵敗的消息告訴相國大人。」

樂進嘆了口氣，道：「沒想道于文則竟然賣主求榮，只可惜了曹將軍，沒有戰死在沙場上，卻死在一個小人的手裡。」

「知人知面不知心，我等和于禁相處多年，本以為很瞭解他，哪知道他會臨陣倒戈。不過，賈詡也沒有給他什麼好下場，估計他臨死的時候肯定後悔不已。」李典和樂進一邊向前走，一邊說道。

兩人走了不到一里路，便聽見後面傳來滾滾的馬蹄聲，兩人心中都是一驚，疾呼道：「莫非是韓猛不願意放過我們，帶人追來了？」

兩人不敢多想，急忙跑到路邊的樹林裡躲藏起來。

不多時，韓猛一馬當先的馳入李典、樂進的眼簾，兩人心裡都咯登了一下，暗想道：「果然是不願意這麼輕易放過我們……」

韓猛逐漸放慢速度，最後勒住馬匹，環視道路兩旁的樹林，對部下喊道：「他們跑不遠，應該就在附近，腳印到這裡就沒了，都給我四處搜索一下，抓到李典、樂進後，立刻予以誅殺！」

李典、樂進聽了，臉上都是一寒，心想這韓猛也太過歹毒了。他們並不怕死，卻怕這樣默默無聞的死去，作為衝鋒陷陣的將軍，他們早已有所覺悟，戰死沙場，才是他們最終的歸宿。

可是，現在他們連兵器都沒有，如果貿然現身，無異是任人宰割。兩人心照不宣，悄悄地想溜開。

哪知他們剛一動，韓猛的部下就發現了他們，大聲喊道：「在這裡！」

「呼啦」一聲，二三十個燕軍騎兵便將李典、樂進包圍了起來。

韓猛也策馬而來，看到李典、樂進兩人後，哈哈大笑道：「果然不出我所料，你們兩個還真跑不遠。既然你們不願意投降，也不能就這樣放走，軍師真是糊塗了，居然想收降你們兩個。來人啊，將他們兩個給我砍成肉泥，完事之後，梟其首，懸掛在我的大纛之上。」

「諾！」

「等等……」李典突然叫道。

韓猛道：「死到臨頭了，還有什麼話說？」

李典道：「據我所知，賈詡是燕國的三軍總軍師，官爵在燕國高於一切將軍，難道他的話，你敢輕易的違抗？」

「軍師一時糊塗，被你們兩個人所迷惑，我代替軍師清理你們兩個人，軍師就能清醒過來了。他也不會怪罪於我，主公若是知道是我殺了你們兩個，只會嘉獎我，畢竟你們也算是魏軍名將，哈哈哈……」

「既然如此，請給我們兩個一人一把武器，我二人就算要死，也要自刎而死……」

「你以為我傻嗎？給你們武器，好讓你們臨死多掙扎一會兒？做夢！全軍聽令，給我殺了他們兩個……」

「刀下留人……刀下留人……」田疇騎著一匹快馬奔馳而來，大聲地喊道。

韓猛見到田疇，當即喊道：「你不在軍師身邊，跑這裡來幹什麼？」

「軍師見韓將軍離營而去，就知道韓將軍的意圖了，特地派我來阻止韓將軍。韓將軍，軍師有令，切勿傷害李典、樂進二人性命，請放他們歸去。」田疇周旋道。

韓猛臉色一沉，說道：「將在外，軍令有所不受！待我殺了他們兩個，自會向軍師負荊請罪！」

田疇大驚，急忙從懷中掏出一把短刀，高高舉在空中，大聲喝道：「韓猛！此乃主公親賜給軍師的信物，見此寶刀者，如見主公！」

韓猛見狀，和眾人紛紛翻身下馬，跪在地上，叩拜道：「韓猛叩見主公！」

田疇舉著刀，指著李典、樂進，對韓猛道：「立刻放了李典、樂進！」

李典、樂進看到這戲劇化的一幕，心想這次韓猛應該放人了吧，都長出了一口氣。

哪想，韓猛竟然說道：「恕難從命！」

「你……你連主公的命令都敢違抗？」田疇的臉上一陣驚訝之色。

「李典、樂進乃魏軍名將，若放了他們，定然會是我軍後患，就算軍師不想殺他們，也不該放他們。」

「那你想怎麼辦？」

「把他二人押回大營，暫時看管起來，等滅了魏國，再行定奪不遲！」

田疇將短刀收了起來，翻身下馬，走到韓猛身邊，一臉苦笑道：「韓將軍，你可真是……這樣也不錯，至少我也可以向軍師交差了。韓將軍，就照你的意思辦吧。」

韓猛當即擺擺手，士兵便將早已準備好的大網給撒了出去，將李典、樂進二人罩在裡面，然後其餘幾個力士一擁而上，便將李典、樂進再次給俘虜了。

李典、樂進一陣唉聲嘆氣，卻也無畏生死，被幾個力士押著往回走，走到韓猛身邊時，瞪了韓猛一眼，恨得咬牙切齒。

等李典、樂進被押走後，田疇長出了一口氣，向韓猛拜道：「韓將軍，剛才都是軍師的計策，欲蓋彌彰，多有冒犯之處，還請多多海涵。」

韓猛笑道：「無妨，回去轉告軍師，我這就帶大軍去追擊荀彧，一有什麼變動，立刻會以飛鴿傳書的方式通知軍師的。」

田疇點點頭，帶著人，押著李典、樂進便朝回趕。

韓猛則奮起直追，很快便趕上難樓、張南、馬延、蔣義渠、鮮于輔等人，合兵一處，向定陶方向而去。

李典、樂進再次被俘，之前的驕狂之氣蕩然無存，對他們來說，一次被俘是意外，兩次被俘那就是恥辱了。

兩人被田疇等人押著，見田疇在前面帶路，專挑羊腸小徑走，卻不走大路，而且也不是回燕軍大營的路，都很奇怪。

走了一會兒，田疇在一片小樹林停了下來，翻身下馬，對身後的李典、樂進說道：「好了，我們就在這裡休息吧，軍師把你們兩個放走，我現在將你們兩個帶回去，軍師那裡無法交代，姑且暫時在這裡躲上一段時間，等韓將軍追擊荀彧有所斬獲時再回去不遲，到時候韓將軍也能功過相抵了。」

李典、樂進面面相覷，心想：「這下完了，只求相國大人儘快離開，不要被韓猛那廝追上。」

田疇又對那幾個力士說道：「你們好好的看管他們，我先回去向軍師覆命，就說已經放走李典和樂進了。等韓將軍立功之後，我再來帶走他們，就說是在戰場上俘虜的，這樣軍師就應該沒話好說了。」

幾個力士齊聲答道：「諾！」

李典在一旁聽了，忍不住道：「賈詡聰慧過人，怎麼可能會上你這種當？你還是儘快把我們放了，省得被賈詡發現，你到時候吃不了兜著走。」

田疇笑道：「看來你還不瞭解我們軍師。我們軍師之所以放你們走，是因為你們有將才，如果你們真的不願意投降，那只有殺掉你們了，以絕後患。知道嗎，連我們主公都戲稱軍師是毒士，足見他的心腸有多硬。放你們一次，是給你們一個機會，如果你們錯過這個機會，那麼對不起，只有殺掉你們了。」

「要殺要剮，悉聽尊便，我們可不是貪生怕死的人。」樂進冷哼道。

田疇哈哈笑道：「你說得不錯，你們是不怕死，可是如果讓你們親眼看到你們的家人一個一個的死在你們的面前，你們又將作何感想？」

「你……你敢！」李典驚道。

「我不敢，可是軍師敢！天下還沒有軍師做不到的事，為求目的，不擇手段。我勸你們還是投降算了，省得到時候連累了家人，還落得個家破人亡。」田疇對李典、樂進二人道：「你們好好想想吧，我先走了，軍師那邊還等著我去覆命呢。」說完，便揚長而去。

李典、樂進這會兒心裡極其的難受，投降吧，便是對魏王的不忠；不投降吧，家人便會受到摧殘，搞得兩人內心十分的糾結。

賈詡帶著大軍向定陶方向前行，見田疇從遠處趕來，便問道：「事情辦得怎麼樣？」

田疇道：「一切按照軍師的吩咐，沒有出任何紕漏。」

「很好……」賈詡臉上揚起笑容，目光中也散發出一絲流光溢彩，看著前方的道路，對前途充滿了希望。

與此同時，陳留城的上空烏雲密布，陰霾的天氣下面刮著狂風，黃豆般大小的雨點連綿不絕地下著。

高飛率領的四萬大軍駐紮在陳留城的西門外，狂風暴雨襲擾著這座剛剛搭建不久的營寨，狂風呼嘯，雷雨相加，地面上的積水很快便漫上了士兵的腳脖。

高飛騎著烏雲踏雪馬，冒著狂風暴雨在營中巡視，全身的衣服早已全部濕透。

他看著軍營裡忙碌不停的士兵，不禁對著天空大聲地罵道：「該死的老天爺，早不下，晚不下，偏偏這個時候下，你是有眼無珠啊！」

這時，緊隨在高飛身後的荀攸說道：「主公，照這樣下去，用不了半個時辰，這裡便會成一片汪洋，如今趙將軍正帶人在高坡上搭建營寨，然而雨中作業，困難重重，地面濕滑，土壤鬆軟，不易下寨，不如暫且後撤十里，那裡有一片茂林，可砍伐大樹，做成木屋，以遮風擋雨。」

高飛點點頭道：「就這樣辦吧。」

荀攸即刻傳令幾名親隨，將命令下達下去。

高飛看到一個扛著糧食的士兵摔倒在水窪裡，急忙從馬背上跳下來，跑過去扶起那名士兵，關切地說道：「還好你沒什麼事，以後走路的時候要穩當一點，尤其在這樣的水窪裡。」

士兵見主公親自問候，感動得稀裡嘩啦的，看到浸在水裡的那袋糧食，一臉愧疚的說道：「主公，都是我不好，把糧食給弄濕了……」

「哎，不要緊，人沒事就行，糧食浸濕了，等太陽出來的時候再曬乾就是。把糧食給我，我和你一起搬運糧食！」說著，高飛便將士兵肩膀上的糧食給搶了過來。

荀攸等人見了，紛紛下馬加入運糧的隊伍，那些原本就在運糧的士兵們，看到高飛帶頭幹這種體力活，都受到了鼓舞，越幹越起勁，沒一會兒時間，便將浸泡在水窪裡的糧食給拯救了出來，然後裝車，一車一車的朝西運去。

今年的天氣很反常，雨季來得特別早，三天兩頭下雨，弄得地面一直是濕漉漉的。也正是因為這個原因，高飛才遲遲沒有發動進攻，因為泥濘的道路不利於騎兵的施展，曹操又固守在陳留城裡，漸漸地兩軍形成了對峙。

大雨整整下了一天，到傍晚的時候才停，若非燕軍即時挪動了營寨，估計他們要在營寨裡洗澡了。

陳留這邊的地勢很低窪，所以一下雨，地面就容易積水，有時候特別低窪的地方，積水甚至能漫過胸口。

雨剛剛收住，曹操便登上陳留城的城牆，眺望著西門外的曠野上，早已形成了一片澤國，便道：「看來上天還是對我有一點憐憫之心的，這場暴雨下的真是太及時了，看外面的樣子，等到積水退去、地面乾涸的話，應該要幾天時間，這幾天時間荀彧也應該回來了。」

曹操轉過身子，下了城樓，走在城中的街道上，臉上洋溢起一絲微笑。

陳留城內和城外簡直有著天壤之別，不知道是大漢的哪一任太守，在建造陳留城的時候，考慮到了當地地勢低窪，雨水一多便積流不出去的問題，便出鉅資為陳留修建了地下的排水管網，只要一下暴雨，城內的管網就會有所作用，不用擔心被淹泡在水中。

回到太守府後，曹操將徐庶、劉曄、程昱、毛玠、滿寵、董昭幾人召集過來，一一地詢問有關城內糧食、武器裝備等事項。

「子揚先生，上次你向我進言的什麼車，如今造得如何了？」曹操詢問一遍後勤問題後，對劉曄道。

「啟稟大王，是霹靂車！如今已經督造了二十多輛，如果再有三天時間，趕製出五十輛沒有問題。」劉曄答道。

曹操道：「嗯，儘快趕製，外面積水甚深，護城河裡的水已經漫延到地上來了，燕軍若想攻城，不等地面變乾，根本別想動手。這段時間，大家多辛苦一下了，等度過這次劫難，本王一定不會虧待諸位的。」

「為大王效勞，敢不盡心盡力！」眾人齊聲道。

「嗯！你們都下去吧，董昭、滿寵、毛玠三人留下。」

於是，徐庶、劉曄、程昱等人都離開了，只剩下董昭、滿寵、毛玠三人留在房間裡。

「三位大人，如今糧草只剩下維持七日的量，七日之後，我軍即將面臨斷糧之險，你們有什麼辦法，能將這七日之糧變成維持十日？」曹操看了眼在他面前的三人，緩緩地問道。

董昭三人對視一眼，面面相覷一番，三人都心知肚明，最有效的辦法就是剋扣糧草，但是卻沒有一個人敢吭聲。因為一旦剋扣了糧草，士兵吃不飽，很有可能會激發兵變。

「你們儘管說，我不會怪你們的。」曹操道。

滿寵率先說道：「大王，如果要想用七日之糧變成十日，唯一的辦法就只有剋扣士兵的糧草，以支付多出的三日。」

曹操自然知道，只是他還沒有想到一個有效的辦法，便道：「如此一來，士兵就會吃不飽，萬一鬧起兵變，那就得不償失了。」

滿寵繼續道：「大王，雖然如此，但是十日之糧便可湊足，大王只問臣如何湊足十日之糧，卻沒有問我如何不讓士兵叛亂，所以臣只是回答了大王所問的問題，至於士兵會不會叛亂，那就是另外一個問題了。」

曹操很喜歡滿寵這個謀士，說話很有趣味，而且總是能夠體會別人的感受。他笑著問道：「那麼，如何才能湊夠十日之糧，而又不會發生兵變呢？」

滿寵想了想，道：「**大王只需殺一人即可。**」

「哦？殺誰？」曹操好奇地問道。

滿寵道：「**殺臣一人！**」

董昭、毛玠聽了，感到很是震驚，都豎起耳朵，並且斜視著曹操，想看看他是什麼反應。

曹操眼裡露出一絲異彩，似乎懂得滿寵的意思，笑道：「伯寧，我懂了，多謝賜教！」

滿寵謙虛道：「雕蟲小技，只能博大王一笑而已。」

「呵呵，總之，伯寧先生還是解決了本王心中的疑慮。你們先下去吧！」

「諾！」

董昭、毛玠和滿寵一起走出房間，走了兩步後，兩人同聲問道：「伯寧，你剛才說的話是什麼意思？我們怎麼沒有弄明白？」

滿寵笑道：「我現居何職？」

「贊軍校尉、行軍主簿、軍師祭酒，外加糧草總提調官。」毛玠立刻回道。

「那你們還不懂？」滿寵反問。

董昭呵呵笑道：「我懂了。」

毛玠仍是一頭霧水，狐疑地道：「我還是沒搞懂，這和大王的問題有什麼聯繫？」

董昭道：「有著莫大的聯繫。既然你不懂，你等著看吧，不出三天，你必然會懂。」

毛玠也不再問了，他不喜歡拐彎抹角的，便道：「不說就算了。」

滿寵道：「一會兒，我的糧草總提調官應該要換人了……」

毛玠聽後，往細處想了想，便笑了起來，說道：「我懂了。伯寧，我真是越來越佩服你了。」

「雕蟲小技，不足掛齒。」

半個時辰後。

曹操叫來滿寵手下的一個管糧官王垕，對他說道：「滿伯寧近日操勞過度，偶感風寒，身體不適，需要休息幾日，你暫且代替滿伯寧為糧草總提調官，現在去將糧倉存糧清點一番，然後來稟告我。」

王垕「諾」了聲，答道：「啟稟大王，糧草只夠維持七日，小臣每日清點，所以牢牢記住。」

曹操「嗯」了聲，看著王垕，暗暗想道：「如此兢兢業業的管糧官，殺了實

在可惜，可是如果不殺，糧草又不夠維持十日……」

思慮片刻，曹操最終還是狠下心來對王垕說道：「從明日起，將大碗改成小碗，好將七日之糧能維持十日所用，權且解救燃眉之急。」

王垕大驚，急忙道：「大王，如果真那樣，若士兵不願意，只怕會引發兵變……」

「本王自有辦法化解，你且按照本王命令列事。」

王垕無奈，只能遵從，「諾」了聲，便退出曹操的房間。

第二天一早，士兵吃早飯的時候，發現飯比以前少了許多，而且還稀稀拉拉的，在幾個屯長的帶頭下，當下將當日當班的伙夫給抓了起來進行詢問。

伙夫說這是新任糧草總提調官王垕的吩咐，他只是照吩咐辦事。於是聚眾鬧事的士兵直接衝進了新任糧草總提調官王垕的營房，將王垕給抓了起來，並且帶到太守府，請求曹操嚴責。

王垕有苦說不出，他總不能說這是曹操讓他這麼幹的吧，所以一言未發，直到被士兵帶到曹操那裡，才說道：「大王，臣無罪啊……」

曹操點點頭，獨自一人召見王垕，對王垕說道：「本王也知道你沒有罪，有罪的是本王。可是，本王一旦死了，魏國必然土崩瓦解，所以，只能請你代替本王一死了。現在大家都知道是你在剋扣軍糧，如果本王不殺你，不足以平民憤。一旦引起兵變，魏國也必然會瓦解。所以，**你的死，是為了魏國而死，是為了本王而死**。你死後，你的老婆孩子由本王替你養著，你還有什麼好顧慮的？」

王垕聽後，明白自己是非死不可，也不再逃避，向曹操拜了拜，道：「大王，請多保重，王垕去也！」說完，當場撞柱而亡。

曹操惋惜地嘆了口氣，道：「真乃義士也！」

隨後，為了平息士兵的憤怒，曹操讓人梟掉王垕首級，並且誣陷王垕盜取糧草，致使大軍無十日之糧，要求大家一致節衣縮食，得到了士兵的一致認同。

於是，曹操又重新恢復滿寵糧草總提調官一職，城內積極備戰，以迎接即將到來的戰鬥……

陳留城外二十里處一個高坡上的茂密樹林裡，披著蓑衣、頭戴樹葉編織而成的帽子的士兵，正守在樹林的邊緣，注視著樹林外面的一舉一動。

樹林裡，成片被砍倒的大樹，燕軍將士經過不懈的努力，在這片密林裡開闢出一片空地，在樹林裡安營紮寨，搭建木屋，不僅可以遮風擋雨，還能藏匿大軍。

當然，四萬大軍不可能在一個地方藏匿，因為這片樹林只夠五千人藏身，這裡不僅是高飛的指揮所，也是燕軍的屯糧基地。如果不從空中俯瞰，任誰也想不到，燕軍會有五千人藏身在此處。

高飛坐在屋裡，屋裡放著一段矮小的樹樁，被當成臨時的桌子，上面鋪放著一張地圖，對圍在身邊的荀攸、郭嘉、趙雲三人說道：

「現在暴雨雖然停了，但是天空依然彤雲密布，以我的推算，這大雨應該不會就此停歇，必然會再次降下暴雨。可陳留城就在眼前，如果因為暴雨而耽誤的話，會給曹操帶來喘息的機會，你們可有什麼破敵之策？」

郭嘉想了想，道：「主公，去年整個中原乾旱異常，今年剛剛進入夏季，不到七天便連續降下兩場大暴雨，看來已經提前進入雨季。屬下以為，陳留城地勢低窪，**如果採取水攻的話，必然能夠省去我軍攻城的大麻煩。**」

「水攻？」

高飛聽後，評估道：「黃河離此足有百里之遙，如果挖掘管道，太耗費人力和物力了。」

郭嘉拿著一根樹枝，在地圖上指指點點的道：「主公請看！」

「這裡是睢水……這裡是汴水……這裡是浪湯渠，浚儀縣是三條河流的匯聚點，如今大雨連綿不絕，河水水位上漲，陳留城地勢低窪，如果能夠在浚儀縣境內挖掘一個大池，將三條河流溝通在一起的話，再截斷其源頭，等暴雨再次降下之時，必然能夠形成凶猛的洪水，一旦洪水漫過臨時修建的大堤，必然會傾瀉而下，直撲陳留城。陳留城地勢低窪，四周高而中間低，加上睢水又從附近流過，要想水淹陳留，不在話下。」

荀攸、趙雲在一旁聽了，都附議道：「奉孝此計甚妙，不僅省去了與魏軍交戰的麻煩，還能輕而易舉的攻克陳留城，實在是一舉兩得，屬下贊同。」

高飛問：「挖掘蓄水大池，大概需要多少人力，多少時間？」

「一萬人足矣，一天時間即可。」郭嘉答道。

高飛道：「很好，太史慈的一萬大軍剛好在浚儀縣駐紮，正好派上用場。奉孝，你親赴浚儀縣城，讓太史慈就地挖掘蓄水大池，咱們就來個水淹陳留！」

郭嘉繼續道：「主公，這幾天，還請主公必須做好防汛準備，而且還要通傳各軍，儘量尋找高地紮營，砍伐樹木製造輕便小舟，以備不時之需。」

「嗯，造船這件事就交給甘寧、文聘、王威來做好了。」高飛笑道。

散會後，郭嘉騎著馬匹離開軍營，帶著二三十騎直奔浚儀縣城而去，高飛則讓陳琳寫好命令，綁在信鴿腿上，傳書給太史慈，讓他聽令於郭嘉。

入夜後，徐晃奪取函谷關、占領弘農的消息由荀諶傳了過來。原因是徐晃的信鴿並不知道高飛已經到了陳留，直接飛回了卷縣大營。

當高飛得到徐晃占領弘農和函谷關的消息時，顯得很高興，但同時對於馬超為何還不撤軍也感到一絲疑惑，暗暗想道：「**馬超已經無力東進，卻又賴在虎牢關不走，難道是想看看我和曹操哪個強嗎？**」

隨後，高飛親自給徐晃寫了一封信，告誡徐晃必然嚴守函谷關，如果遇到馬超，讓他不能從函谷關放過馬超。之後，交由信鴿去傳遞。

到了吃飯的時候，天空又下起了濛濛細雨，淫雨霏霏，天氣涼爽，但同樣也有很大的濕氣。

甘寧、文聘、王威接到高飛的造船命令時，都感到很驚訝。

「甘將軍，主公讓我們現在造船，到底是什麼意思？在陸地上怎麼用得著船？」王威不解地道。

「服從命令即可，大王自有大王的主意，我們無需過問。」甘寧面無表情地道。

王威沒有從甘寧這裡得到答案，扭頭看了眼文聘，道：「文將軍，你說主公讓我們造船幹什麼？」

文聘道：「造船當然是用來坐啦，王校尉，想不通就別想了，其實我和甘將軍也一樣想不通，主公催得緊，咱們讓士兵連夜動工，先趕製一批輕便小舟就是。」

郭嘉帶著人行走在泥濘的道路上，剛走出沒多遠，便下起大雨，一行人沒有避雨，而是馬不停蹄的朝浚儀縣城趕去。

浚儀縣城裡，太史慈早已睡下了，雖然外面狂風暴雨呼嘯不停，卻無法吵醒他的美夢。

他帶兵來到浚儀縣時，縣令棄城而逃，並且帶走了大批的財物和糧食，致使縣城裡糧倉空空如也。他氣得率領一千輕騎兵猛追不捨，斬殺了那個縣令，並且將糧食奪了回來，還搶回了大批財物。

據太史慈瞭解，這縣令貪婪無厭，仗勢欺人，經常毆打百姓，還作威作福，有些人看不過去，要去告這縣令，縣令便派人將那個要告他的百姓給殺死，而且在縣城裡大肆搶奪老百姓的財物。

所以，太史慈一到浚儀縣，立刻開倉放糧、散發財物，因而浚儀縣的百姓十分擁護太史慈，對燕軍也很擁護。

「將軍……將軍……」

太史慈還在睡夢中，聽到門外有人叫他的名字，立刻驚醒過來，從床頭抽出佩劍，虎目怒嗔，朝門外便喊道：「誰？」

「將軍，是我，侯成！」

「侯成？有什麼事？」

侯成道：「將軍，我本來在守夜，可是郭軍師突然叫門，要見將軍，末將才來喚醒將軍，冒犯之處，還請將軍多多海涵。」

太史慈道：「郭軍師現在在哪裡？」

「正在縣衙大廳等候將軍，說有非常重要的事情。」

侯成自從投降燕軍後，便和宋憲一起做了太史慈的部將，對太史慈的虎威心有餘悸，太史慈對他們兩個也算不錯，便從未生過二心。

「知道了，我穿上衣服後就到，請郭軍師稍等片刻。」

太史慈下了床，穿好衣服，看到外面淫雨霏霏，忍不住罵道：「這賊老天，一直哭喪著臉，搞得我什麼興趣都沒了。」

太史慈來到縣衙大廳，見郭嘉焦急地等在那裡，而且全身濕透，不禁道：

「軍師，你這是……」

「太史將軍，主公有令，讓你和其部下全部聽命於我，從現在起，你要對我言聽計從。」郭嘉打斷太史慈的話道。

太史慈將手向前一攤，問道：「可有主公親筆書寫的將令？」

郭嘉愣了一下，道：「沒有！」

「那就對不住了，我不能聽你的，你從主公那邊趕過來，還淋了場雨，難道就是為了告訴我這些？」太史慈反問道。

郭嘉道：「當然不是，我有重要的事情需要太史將軍配合我一起完成。」

「那就說啊！」太史慈直截了當地道。

郭嘉當即將水淹陳留的計畫說了出來，太史慈邊聽邊一個勁的點頭，托著腮幫子道：「嗯……這是條妙計，那麼就請郭軍師休息休息，咱們明天一早便去進行。」

郭嘉也是人困馬乏，何況離天明只剩下一個時辰，他需要好好休息一番，明天才有充足的精力去指揮挖掘蓄水大池。

第二天一早，下了一夜的雨終於停了，太史慈也起來的很早，剛起來沒多久，便見宋憲跑了過來，便問道：「什麼事情如此慌張？」

「主公的飛鴿傳書！」宋憲將一張字條遞給太史慈。

太史慈看完，哈哈笑道：「郭奉孝那小子，居然說的是真的，看來昨天晚上我對他太無禮了。」

說完，太史慈寫好回信，將信箋交給宋憲，讓宋憲利用飛鴿傳書送出去。自己則朝郭嘉的房間走去。

「咚咚咚……」

太史慈在門外等了一會兒，門裡卻沒有反應。他推開房門，整個房間空空如也，郭嘉的髒衣服散在地上，郭嘉卻不見了蹤跡，納悶道：「郭奉孝人呢？」

太史慈將整個縣衙翻了個底朝天，都沒有尋到郭嘉的蹤跡，詢問昨夜當班的士兵，也說沒有看見郭嘉。正當太史慈在擔心郭嘉有什麼意外的時候，卻見郭嘉滿身塵土的從縣衙外面走了進來。

「奉孝？你跑哪裡去了？讓我一陣好找，你可知道我有多擔心你嗎？」太史慈一見到郭嘉，立刻迎了上去。

郭嘉拍了拍身上的塵土，失笑道：「我有什麼好擔心的？我又不是小孩子。」

如果說當年在洛陽士孫府中的郭嘉還是個愣頭青的話，那麼今天站在太史慈面前的郭嘉，儼然已經成為一個獨當一面的真正的智者。

每當郭嘉回想起四年前為了出名而不要命的荒唐事來，他都覺得自己太幼稚了。也幸虧那時候郭嘉遇到的是高飛，不然人頭落地，他哪裡還能站在太史慈的面前！

論年齡，太史慈比郭嘉大四歲，也比郭嘉顯得早熟，所以從一開始，太史慈就把郭嘉當做小弟弟一樣對待。

「你到底跑哪裡去了？主公的飛鴿傳書到了，要我聽命於你，你要是不見了，我該怎麼向主公交代？」太史慈擔心道。

「我睡不著，出城了一趟，去看看地形，也選好今天要挖掘的蓄水大池。現在，你就讓部下帶上挖掘工具，去縣城西南二十里的地方開挖吧，我已經在那裡做了標記……啊……我一天一夜沒有合眼了，好睏，好想睡一覺。太史將軍，剩下的事就交給你了……」

說完，郭嘉打著哈欠，雙眼朦朧的朝自己的房中走去。

太史慈當即留下一千人守城，自己帶著九千人和挖掘的工具，朝郭嘉所說的地方去了。

黃昏時分。

郭嘉從睡夢中醒來，睡了一個大白天的他，伸了一個懶腰，簡單的吃了點東西後，便讓士兵給他準備馬匹，飛馳出城。

郭嘉到達目的地時，便看見士兵正在如火如荼的挖掘，他規劃的地方已經出現了一個偌大的深坑，足足有好幾丈深，大坑的周圍，也都用泥土夯實，又從附近搬來石塊，混合其中，逐漸壘成一堵厚牆。

太史慈帶頭幹活，正在用鐵鍬在深坑底部不斷的挖掘，身上沾滿了泥巴，弄得他就像一個泥人一樣。

郭嘉在周圍巡視了一下，當巡視到對面時，便朝在深坑底部從事挖掘工作的太史慈喊道：「太史將軍，大致可以了，請上來吧，一會兒挖開河道，就可以蓄水了！」

太史慈聽到喊聲，便命令士兵沿著陡坡上到了地面上，然後從距離此處一百米遠的三條河流的匯合點開始引通河水。

天色昏沉，天空中烏雲密布，狂風開始呼嘯，眼看著新一輪的雷陣雨就要到來，在眾多士兵的一起努力下，終於成功的將河水引到了這裡。

之後，郭嘉又帶著太史慈等人分別從各處搬來巨石，用大網包裹，將其沉入河底，如此反覆許多次，終於成功將河流截斷。

「轟！」

一聲巨雷響徹天地，閃電降下，照亮夜空，暴雨隨之傾盆而下。

士兵們看著辛苦努力的結果，都喜笑顏開，雖然經歷著狂風暴雨，心裡卻很滿足。

郭嘉抹了下臉上的雨珠，對太史慈道：「太史將軍，留下一些人駐守此處，其餘人暫且回去休息，另外通知縣城附近百姓，讓其全部轉移到高處，攜帶三四天的口糧即可。」

太史慈點點頭，便按照郭嘉的吩咐去辦，讓親兵帶著人去各處轉移從此處道陳留道路上的百姓。

與此同時，潁川郡內。

突如其來的暴雨徹底延遲了張遼大軍的速攻，經過幾天的局部清掃工作，整個潁川郡多數縣令或者投降，或者棄城而逃，除了陽翟城中有七千名魏軍暫時未曾攻取以外，張遼的一萬大軍在數日之內幾乎橫掃了整個潁川郡。

但由於暴雨的原因，不利作戰，是以張遼採取圍城之策，分別屯兵在陽翟城四門，將其堵的水泄不通。

外面暴雨傾盆，大帳內張遼卻心靜如水，他手捧著一本孫子兵法，正在細細研讀。

這時，一個滿身濕透的人從帳外走了進來，抱拳道：「啟稟將軍，許縣一帶發現魏軍蹤跡，據悉是魏軍大將夏侯淵。」

張遼平靜的心突然起了一絲波瀾，合上孫子兵法，急忙問道：「有多少兵馬？」

「大約兩千多人，好像保護的是魏王曹操的家眷，拖家帶口的已經行至許縣，而且已經投降的許縣縣令又叛變了，迎接夏侯淵進入許縣縣城。」

張遼道：「我知道了，你先下去吧，吩咐你手下的斥候，嚴密監控許縣夏侯淵一行人的動向。」

「將軍不帶兵去予以劫殺嗎？」

「此時已經進入雨季，連續幾天隔三差五的便下一場大暴雨，地面從未乾過，不利於行軍作戰。我料夏侯淵必然會朝著陽翟而來，陽翟乃魏軍重鎮，城中糧草頗多，一旦我軍捨近求遠，潁川諸縣可能會再次叛亂，以回應夏侯淵的到來。我自由攻取潁川的主意，你且按照我的吩咐，去通知各營，嚴加防範。」

「諾！」

張遼見那個人走了以後，再次翻開孫子兵法，細細地品讀著，嘴角卻露出一絲微妙的笑容，暗暗地想道：「夏侯淵，你來得正是時候，我張遼要用你的人頭祭旗！」

第七章

非戰之罪

「既來之，則安之。本王自陳留起兵討伐董卓以來，大小戰鬥經歷不下千場，雖然也有敗績，卻未曾有今天之困。短短四年，本王大起大落，終究是這混亂時代的過眼雲煙，諸將不用自責，此天要亡我，非戰之罪！」

「主公，吳王派遣的使者求見！」

高飛正在木屋裡看著地圖，聽到門外士兵的報告，先是驚奇地「哦」了一聲，緊接著說道：「傳他進來。」

不多時，從門外走進一個身披蓑衣，頭戴斗笠的人。

那人一進房間，先將斗笠、蓑衣摘下，放在門邊。

他穿著一身極為普通的衣服，褲腿捲到膝蓋處，腳上穿著的草鞋沾滿了泥巴，他脫掉草鞋，光著腳丫子朝前走了兩步，朝高飛深深地鞠了一躬，拱手道：

「外臣闞澤，參見燕王殿下。」

「哦，我已經自降一級，如今是燕侯，燕王已經是過去式了。你就是闞澤，闞德潤？」高飛聽來人自報家門，笑著問道。

「正是區區不才，沒想到燕侯聽過不才的名字，不才真是受寵若驚。」

闞澤這個人，高飛並不陌生，**赤壁之戰時，攜帶黃蓋詐降書的就是他**，而且也正因為是他，才得以瞞騙過曹操，在赤壁之戰上算是一份不小的功勞。

只不過，如今的闞澤看上去十分的年輕，吳國文士居多，闞澤算是中上等的一個，才能雖然不及周瑜、魯肅、呂蒙、張昭、張紘等輩，卻有其過人之處。此人有過目不忘的本事，還有一口好辯才，孫堅選他為使臣，確實是選對了人。

高飛問道：「你從吳國來此，定然是帶著極為重要的任務，不知道吳王老哥讓你來找我幹什麼，是不是想念我了？」

闞澤答道：「吳王對燕侯確實很思念，上次燕侯從吳國匆匆一別，吳王自覺有點怠慢，所以有心再請燕侯入吳，遊山玩水，吳王定當親自作陪。不過，外臣此次前來，卻是受吳王之託，來辦理極為重要的一件事。」

「什麼事情？」

闞澤緩緩說道：「其一，吳王大公子孫策前些日子帶著周泰、魯肅來到中原，據悉在燕侯的大營之中。如今吳王欲對山越用兵，所以特讓外臣來接大公子回吳，代替吳王鎮守建鄴。其二，吳王有一封信要我交給燕侯，請燕侯務必回覆。」

說著，闞澤便從懷中掏出一個用羊皮包裹著的書信，向前遞給高飛。高飛接過信，見書信一塵不染，一點都沒有被雨水打濕的痕跡，便知道闞澤收藏的是多麼好。

他接過信，打開看了一遍，一臉笑意地說道：「闞大人，請坐，我們慢慢詳談。」

闞澤坐定後，高飛便問道：「這信可是吳王親筆所寫？」

「燕侯和吳王親如兄弟，情同手足，難道連是否為吳王親筆都看不出來？這信確實是吳王親筆書寫，外臣貼身收藏，中途從未打開過。」

「嗯，那好吧，你回去告訴吳王，這封信等我和曹操的戰鬥打完之後再回覆。另外，貴國大公子孫策早已經在半月前就離開了我軍，走得悄然無聲，連隻言片語都沒有留下，這件事整個燕軍全部可以作證。按照時間推算，孫策應該已經抵達吳國境內了，為何還找我要人？」

高飛實在想不通這孫堅是怎麼想的，信他看了，上面寫著讓他和曹操停止戰鬥，不要兄弟相殘，可是，潑出去的水再也收不回了，他的目的就是，不占領中原誓不甘休。

闞澤吃驚地望著高飛，問道：「**燕侯的意思是，大公子早就離開了中原？**」

「正是。」

「可是……可是大公子並未回吳國啊……」闞澤疑心道。

「那就與我無關了，他又不是我兒子，何況腳長在他的腿上，他要去哪裡，我又怎麼知道！」高飛聳聳肩道。

「燕侯，可否看在和吳王的情誼上，派人四處尋找一下大公子呢？再怎麼說，大公子也是燕侯的晚輩，燕侯作為長輩，也有義務照顧好大公子……」闞澤道。

高飛凝視著闞澤，譏諷地道：「闞先生如此說，是在埋怨我的不是了？是責怪我沒有看好孫策，是嗎？」

闞澤見高飛面露不悅，急忙跪在地上，說道：「闞澤不敢，闞澤絕無此意，請燕侯不要誤會，外臣的意思是……」

「你不用說了，我想我知道你的意思了。如果孫策真的沒有回到吳國，就算你不說，作為他的叔父，我也會派人出去尋找的。來人啊，給卞喜發信，讓他在三天之內，就算將整個中原掘地三尺，也要把孫策給我找出來！」高飛直接打斷了闞澤的話，向門外的士兵喊道。

士兵領命後，便去給卞喜傳遞消息去了。

闞澤跪在地上，不敢抬頭，聽高飛派遣卞喜去找孫策，這才放下心來。闞澤雖然年輕，但是對於當下的時勢很清楚，卞喜的名字，他並不陌生。

兩年前，晉侯呂布被天下群雄圍攻，兵敗伊闕關，從此後，天下一分為七。燕侯高飛，占幽、並、冀以及青州部分，據黃河以北而率先稱王，首先將大漢的皇權踐踏在腳底下，當時還遭到涼侯馬騰的聲討。只因高飛在河北民眾的心目中威望極高，而其他各諸侯又各懷鬼胎，都想進階封王，成就一方霸主，是以並未對其造成任何影響。

隨後，在短短幾個月內，劉備取代劉表成為荊州之主，曹操、孫堅聯合攻宋，並且將宋侯袁術的地盤給瓜分了，此後天下六分，各個諸侯在高飛稱王半年後紛紛自立為王。

就連在涼州和關中的馬騰父子也不甘落後，逼著當時的漢帝敕封王爵。隨後劉備、劉璋的部下聯名上疏長安朝廷，要求晉級王爵，終於得償所願。是以，天下六國並立，這意味著大漢的天下已經被徹底瓜分。

隨後，燕軍北逐鮮卑，將鮮卑人完全趕出境內，並且占領大部分草原，就連東夷的夫餘也感受到了燕軍的強大，主動向其稱臣。大漢以來長久未能解除的邊患問題被燕軍給解決了，是以其他五國都認為燕軍的軍事實力乃六國之最。

除此之外，更讓其他五國頭疼的是，燕軍擁有著一支很強大的斥候部隊，常常在不知情的情況下，本國的一些消息就流傳到燕國，弄得其他五國都非常的厭惡，根本搞不清楚燕軍到底有多少斥候。

最典型的一次是蜀王劉璋過誕辰之際，一個自稱燕國使臣的人突然出現在成都的街頭，帶著一大批禮物，作為賀禮獻給劉璋。誕辰過後，當眾人再去尋找此人的時候，翻遍了整個成都城也尋不見蹤跡。後來過了很久很久，蜀軍才找到答案，竟然是燕國的一個斥候。

一個普通的斥候就有如此能力，何況其頭目卞喜呢。所以，作為燕軍斥候的頭子，卞喜之名更是隨著燕軍的強大而聲名遠播。

高飛看著跪在地上的闞澤，對闞澤道：「你起來吧，暫且在我軍中歇息，安心等三天，三天之後，必然會給你一個答覆。」

闞澤「諾」了一聲，便跟著高飛的親兵走了。

高飛見闞澤走了，急忙從外面叫來一個親兵，對親兵交代道：「即刻再給卞喜發飛鴿傳書，告訴卞喜，一旦找到孫策的下落，先通知我，然後密切關注，不要打草驚蛇。」

「諾！」

高飛徑直站了起來，披上蓑衣，戴上斗笠，出了門。

門外大雨狂下，高飛徒步走到樹林的邊緣，拿起望遠鏡朝外看去，但見高坡下面積水很深，只要是稍有低窪的地方，都已經形成一片澤國。

放下望遠鏡，高飛暗暗地想道：「如果再狂下一夜暴雨的話，估計明天就可以水淹陳留了。」

他彷彿看到了希望，一種不戰而屈人之兵的希望，轉過身，讓士兵牽來烏雲踏雪馬，翻身上馬，大喝一聲沿著高坡飛奔而下。

烏雲踏雪馬四蹄如飛，雖然行走在泥濘的道路上，對牠卻絲毫沒有造成任何影響。當牠下了高坡時，積水已經漫到四蹄的骨節處，牠發出一聲長嘶，迎合著電閃雷鳴，夾雜著狂風暴雨，在水中健步如飛。

大概跑了將近三里路，烏雲踏雪馬馱著高飛上了一處高坡。

高坡上有一片很大的密林，燕軍的士兵戴著斗笠，披著蓑衣守衛在最外側，見高飛來了，急忙讓開一條道路。

高飛騎著烏雲踏雪馬，穿過四周一小片樹林後，眼前豁然開朗。

只見正前方是一片偌大的空地，本應生長在這裡的樹木盡皆被砍伐，搭建起一個很寬敞的大棚，樹葉覆蓋在上面樹根當成柱子，幾千名士兵在許許多多這樣的大棚下面辛勤的勞作著，將一艘艘輕便的小舟給打造出來。

「甘興霸！」

甘寧正在用鋸子截斷一根樹木，忽然聽到一聲喊，扭過頭看了過去，但見高飛隻身一人到了這裡，急忙丟下手頭上的活，朝高飛跑了過去，問道：「主公，你怎麼來這裡了？」

高飛環視一圈，道：「我來看看你這裡進展的怎麼樣，因為我估摸著明天這些船就能派上用場了，我也給你準備好一支小型的水軍了，明日一旦郭嘉在上游放水，你就可以大展身手了。」

甘寧摩拳擦掌地道：「太好了，只可惜這裡沒有大河，否則的話，一旦我國海軍開進來，別說一個小小的陳留，就算是整個中原，我們也能全部拿下。」

高飛笑道：「不急，這一戰，我為你準備了一千名水性較好的，到時候你帶著他們為先鋒，務必要初戰告捷，只有如此，後面的大軍才會攻擊的更加猛烈。等滅了魏國，下一個目標就是荊州了，那裡才是你的用武之地，權當把目前這些戰鬥當成熱身行動吧。」

「諾！」

隨後，甘寧帶著高飛在這個秘密而又簡陋的造船工廠轉了一圈，指著那些已經做成的成品，開心地說道：「主公，目前已經趕製出一百艘船隻，按照每艘可裝載十人來計算，剛好是一千人。不過，為了方便主公在水面上指揮，屬下在趕製一艘更大的船，可一次裝載三百人，除此之外，仍然在加緊趕造輕便小舟，力求在明日開戰時，能夠運載更多的士兵去作戰。」

高飛很滿意，拍了下甘寧的肩膀說道：「水上是你的天下，我不懂水戰。這一戰，由你全權指揮，我只在後面觀戰，只要拿下陳留城，抓住曹操，你就是第一功。」

甘寧激動地說道：「屬下多謝主公厚愛。」

自從甘寧投靠高飛之後，與文醜一樣，雖然名列五虎，卻受到排擠，文醜去塞外負責建造包頭城，甘寧則被高飛派到天津，負責建造各種大小戰船，以及訓練海軍。

目前來看，高飛的帳下雖然人才濟濟，文臣武將眾多，地盤也是最大的一個，但是根基卻沒有在遼東那麼穩。除了幽州之外，並州、冀州以及青州北部都相對而言，是高飛統治的薄弱環節，如果不是高飛免除了幽州以外的三年賦稅，只怕當地百姓會逃亡他處。

他的官僚體系裡，有從一開始就跟隨自己的，也有後來投降過來的，投降過來的也分成好幾派，表面上雖然沒有什麼，但是暗地裡多少存著勾心鬥角的事，只不過這樣的事情還不太明顯。

高飛跟著甘寧又陸續視察了一下打造船隻的士兵們，說了一番慷慨激昂的話，然後才離開了此地。

第二天天還沒亮，高飛在睡夢中隱約聽到了巨大的水流聲，急忙跳下床，大聲道：「外面是什麼聲音？」

「主公……是洪水……洪水來了……」

高飛急忙全身披掛，拿起佩劍，走出房間，一腳便踏進了積水裡，心中登時一驚，自語道：「此處高坡足足有十幾米高，洪水居然能夠漫到這裡，那麼陳留城定然是一片汪洋了……」

高飛忍不住喜悅的心情，跑到高坡邊緣，定睛看到甘寧乘坐著一艘大船緩緩駛來，周圍一百多條小船環繞在旁，浩浩蕩蕩地朝著陳留方向而去。

「主公，請上船！」荀攸從後面急忙跑了過來，對高飛說道。

高飛狐疑道：「哪裡來的船？」

荀攸道：「甘寧將軍親自為主公打造的，剛剛抵達，就在北側。」

高飛跟著荀攸來到北側，果然看見一條可以容納三百士兵的大船停靠在那裡，趙雲、文聘、魏延、褚燕等人盡皆站在船上，等待著高飛的到來。

高飛上了船，喜悅地喊道：「開船！」

一聲令下，這艘大船便載著高飛以及燕軍的知名將軍，乘風破浪，朝陳留城浩浩蕩蕩的開去……

天空中還飄著細細的雨，整個陳留城一片汪洋！

陳留城裡，百姓都爬到了房頂，城牆上站滿魏軍的將士，突如其來的洪水給陳留城裡的將士、百姓都帶來了不小的災難。雖然城牆擋住了洪水的勢頭，卻無法阻止洪水流淌到城裡，只一會兒的功夫，陳留成為名副其實的水城。

曹孟德站在城牆上，望著城內城外都是洪水，滔滔不絕的洪水從浚儀縣方向凶猛而來，城內哭聲、喊聲一片，水面上飄蕩著雜亂的物品，還有一些淹死的屍體，百姓都站在房頂上，苦不堪言。

「轟隆！」

一聲巨響從城內響起，太守府的一座二層小樓突然坍塌，站在小樓上的衙役、奴婢掉落在水中，大聲叫喊，掙扎著，可是沒有人能夠救得了他們，除了一兩個人反應快，抱住漂浮的木柱得以活命外，其餘的不一會兒全部沉入水底，過了好久才浮出水面。

「大王！燕軍……是燕軍……」

曹孟德聽到這聲疾呼，立刻轉過身子，但見與城牆持平的水平面上駛出一艘輕便戰船，小舟上面，十名戴盔穿甲的燕軍士兵手持木盾、以及各種鋼製兵刃順著水流快速地俯衝過來。

水平面的正中央，一艘大船在眾多小船的簇擁下駛進眾人的視線，一員大將站立在船頭，一臉的意氣風發。

燕軍一經出現，魏軍登時陷入了恐慌，站在城牆上密密麻麻的將士都不知道如何應對。洪水到來的時候，他們只顧著逃命，紛紛攀上城牆，忘了攜帶兵刃，此時，見燕軍乘船來攻，而且聲勢浩大，後續船隻源源不斷地駛來，頓時手足無措。

「大王，**這次是我們失策了**，本以為這場大雨能夠延遲燕軍的進攻，沒想到卻被燕軍給利用了。」

徐庶看到這一幕，心中有一種大勢已去的感覺，他胸中的抱負未能得以實現，心有不甘，臉上的表情也極為難看。

曹孟德環視一圈驚慌的將士們，許褚、夏侯惇、曹仁、曹洪、曹休、李通、韓浩、史渙、文稷等將都一臉的鐵青，徐庶、程昱、劉曄、毛玠、滿寵、董昭、任俊等人則是一臉的失落，他仰望著陰霾的天空，看著淅淅瀝瀝而下的雨，突然哈哈大笑起來。

他的笑聲引來周圍人的不解，眾人面面相覷，不解地道：「大王……我等無能，致使大王今日被圍，我等愧對大王……」

「既來之，則安之，本王自陳留起兵討伐董卓以來，大小戰鬥經歷不下千場，雖然也有敗績，卻未曾有今天之困。短短四年，本王大起大落，終究是這混亂時代的過眼雲煙，諸將不用自責，**此天要亡我，非戰之罪！**」

曹操其實早已想好了退路，如果沒有這場突如其來的暴雨，他倒是希望燕軍能夠儘快進攻陳留，這樣的話，他就可以邊打邊退，退到潁川，經軒轅關進入司隸，或帶著兵利用洛陽一帶的地理優勢與燕軍對峙，或是投靠馬騰，暫時委曲求全，以求他日東山再起。

可是，往往事與願違，這場洪水阻隔了他的道路，切斷了他的退路，讓他困在陳留，雖有四萬之眾的大軍，卻是無用武之地。

他再次回頭，看了一眼身後的陳留城，城中七萬百姓，三萬士兵尚處在洪水當中，城牆上的一萬士兵只有一兩千人拿著兵器，戰馬站立在城牆的階梯上，有的還在水中漂浮，當真是毫無戰力可言，即使戰鬥，面對早有準備乘風破浪的燕軍，也只是不堪一擊。

「罷了罷了，本王於陳留起兵，又於陳留敗亡，真是**成也陳留，敗也陳留**，看來這裡就是本王最終的歸宿之地了。諸位，你們都是本王最值得信賴的臣子，然而，本王大勢已去，已經沒有回天之力，燕侯高飛雄才大略，愛惜人才，本王死後，你們可以歸順於他，他日必然能夠成為名震天下的良臣猛將……」

「大王……」眾位將士聽到曹操的這番話，都垂淚不已，心中更是悲憤萬分。

曹操沒有再說什麼，只是目視著甘寧指揮著大大小小的戰船一點一點的靠近，心中很是不服氣地說道：「賊老天，我不服……我曹操號稱亂世之奸雄，治世之能臣，為什麼會落得個這種地步？賊老天，我恨你！」

就當魏軍所有人都垂頭喪氣，自認為無力回天之時，正東方向的水平面上突然逆流駛來許多船隻，大大小小的船隻一共數百艘，**一艘巨大的船上，「魏」字大旗浩浩蕩蕩地迎風飄揚，站在船首的一個人正是荀彧**。

「援軍……是我們的援軍……援軍來了……」

不知道是誰第一個先看到了荀彧帶來的船隊，興奮地大吼起來。

這聲喊叫，猶如晴天霹靂，登時震懾在眾人的心頭，使眾人的靈魂為之顫抖，剛才垂頭喪氣的表情登時煙消雲散，隨之而來的是強烈的求生欲望。

眼見情勢逆轉，曹操登時喊話道：「將士們！**天無絕人之路**，天佑我大魏，擋住燕軍！」

遠處，站在船首的甘寧突然看到一支比他還龐大的水軍逆流而上，登時納悶不已，當看到荀彧站在船首，而大船後面跟著的都是漁民的漁船時，臉上便揚起了笑容，立刻舞動手中小旗，揮動了幾下，排列在左翼的五十艘戰船前去攻擊，而以其他大軍攻擊陳留。

大戰一觸即發，燕軍的小型戰船上，士兵們掏出隨身攜帶的連弩，瞄準站在城牆上的密密麻麻的士兵，當進入射程範圍內時，便扣動連弩的機括，強勁有力、密集如蝗的箭矢朝著站在陳留城牆上的射了出去。

「哇……啊……」

站在陳留城牆上的士兵大多都是手無寸鐵的將士，就算有的有兵器，也都是近身的，當洪水來臨的那會兒，逃命還來不及呢，誰還顧得上去拿什麼兵器，這會兒，這些魏軍猶如活靶子一樣，站在那裡任人宰割。

「砰！」一聲巨響，衝在最前面的一艘小船直接撞上了城牆，船尾隨之橫在那裡，船上的士兵用手中的兵刃攻擊城牆上的士兵，鮮血如注，灑在洪水裡，立刻被稀釋的無從找尋。

「噗通！噗通！噗通……」

不想坐以待斃的魏軍士兵紛紛跑開，將站在其他地方的士兵給擠了水裡，那些不會水的士兵一掉進水裡撲騰了幾下，大口大口的喝著水，很快便沉了下去。

「都閃開！」

這時，夏侯惇舉著一桿長槍大喝一聲，從士兵微微裂開的縫隙裡穿了過去，朝著仍然站在船上的士兵便刺了過去。

燕軍士兵本能地舉起木盾遮擋，哪知夏侯惇那一槍用力很猛，直接穿透了木盾，刺進了燕軍士兵的體內。

隨後，夏侯惇並不著急拔出長槍，而是用力舉著槍尾，利用那個被他刺穿身體的燕軍士兵，開始清掃整船的士兵，只片刻功夫，便將一船人統統掃落到了水裡。

夏侯惇縱身一跳，跳到小船上，朝身後大聲喊道：「不怕死的跟我來！」

韓浩、史渙是夏侯惇的舊部，聽見夏侯惇的吼聲，立刻縱身而起，踩著其他士兵的肩膀借力上跳，便跳進了船上，其餘握著兵器的士兵也紛紛跳到船上，立刻組成了一道防線。

可是，夏侯惇、韓浩、史渙等人都不會水，在陸地上習慣了，猛然到了船上，只覺得一陣搖晃，站不直身體，船也搖搖晃晃的經不起折騰。這時，水中的燕軍士兵則浮出水面，以木盾為船，站在木盾上，舉著兵刃砍翻了好幾名士兵。

夏侯惇、韓浩、史渙根本發揮不出威力，不得已之下，只好棄船上了城牆。

燕軍士兵則重新跳到水裡，一手拽著木盾，一手握著鋼刀，緩緩地游到其他方向，避重就輕，繼續砍殺容易殺死的魏軍士兵，或者將魏軍士兵拉下水。

與此同時，越來越多的船隻靠近城牆，連弩射倒一批又一批的士兵，惹得那些手無寸鐵的魏軍士兵們很惱火，最後有一群不怕死的人便縱身跳躍，直接撲向攻來的燕軍士兵，於是紛紛落入水中。

曹仁、曹洪也開始搶奪船隻，但是一上船便覺得頭暈目眩，最後只得棄船。

甘寧站在船首，看見強攻已經取得了一些成效，並不急著讓大船靠岸，而是命人調轉船頭，親自去迎戰荀彧帶來的援軍。

荀彧站在船頭，看到燕軍水軍將魏軍攪得不成樣子，而且尚有五十艘快船駛來，來勢洶洶，勢不可擋，急忙喊道：「迎戰！」

隨著荀彧的一聲令下，船隊迅速分成兩撥，荀彧所在的大船身後，數十艘小船裝載著全副武裝的士兵便衝了出來，士兵們紛紛拉開弓箭，朝著駛過來的燕軍船隊開始射擊。

荀彧所在的大船以及身後的許多漁船都一起向陳留城靠了過去，他站在大船上，看著離城牆越來越近，急忙對曹操喊道：「大王……文若來了……」

曹操對於荀彧的到來感到很是突然，雖然他派曹純、李典、樂進、于禁帶領兩千騎兵攜帶當歸讓荀彧歸來，但是自從四將出去之後不久便開始下起暴雨，消息也因此斷了。也正是因為這場大雨，他對荀彧的歸來並不抱什麼希望。

等到船靠近城牆，士兵迅速放下一塊木板，搭在城牆上，曹操在眾將的簇擁下上了船，一上船，曹操便激動地握住荀彧地手，說道：「文若啊……你來得太及時了……」

荀彧慚愧道：「臣讓大王受苦了……」

說話間，徐庶上了船，定睛看見甘寧所乘坐的船朝這邊衝了過來，急忙道：「這裡不是說話的地方，如今大王正處在危險當中，當務之急，應該儘快脫離危險，帶大王離開這裡！」

荀彧意識過來，抹了把還沒有從眼眶裡流出來的眼淚，下令道：「左翼迎敵，擋住甘寧。」

便見數十條船擋住甘寧，一陣箭矢亂射，暫時壓制了甘寧以及船上的人，然而，船依然是順流直下，絲毫沒有停留。

「砰！」

一聲巨響，甘寧所乘坐的船直接撞上了幾條擋路的小船，那幾條小船立刻船翻人仰，許多士兵落進了水裡。

緊接著，後面的十條船都是如此，被甘寧的大船這麼一撞，士兵紛紛落水。

但是，甘寧同樣也受到了阻力，一連衝撞了十幾條船，後面的船竟然無法再衝翻，尷尬地和其他船漂浮在水面上。

雙方一靜止下來，士兵便開始互相射擊，在短距離內，燕軍的連弩還是頗有殺傷力的，不等魏軍士兵拉開弓箭，弩箭便射穿了他們的身體。

甘寧也掏出連弩，看到魏軍正在登船，急得像熱鍋上的螞蟻一樣，大聲喊道：「快射，衝過去，絕對不能讓曹操跑了！」

這邊，荀彧帶來的漁船開始裝載士兵，當他看到甘寧勢不可擋的時候，而且甘寧身後的小船也快速的駛來，加入了戰鬥，面對燕軍的連弩，臨時拼湊的水軍根本不堪一擊，士兵不是被射死，就是落入水中掙扎不已。

「甘寧勢不可擋，燕軍水軍早有準備，我軍不是對手，再這樣拖延下去，只怕誰也走不了。大王，請下令開船吧，先離開這裡再說！」徐庶見狀，心急如焚地說道。

曹孟德扭過身子，看著那些還沒有上船的將士，以及被大水包圍的百姓，狠下了心，大聲喊道：「開船！」

一聲令下，大船迅速抽出木板，幾個正在登船的士兵便直接掉進了水裡，而那些還來不及登船的人，都傻眼地站在那裡。

大船開始調轉方向，順流之下，無人可擋，越走越遠。

「糟糕，讓曹操給跑了！」

一直在船上的高飛，用望遠鏡看著曹操逃跑了，怒道：「甘寧是幹什麼吃的？怎麼可以讓曹操跑了呢？傳令下去，本船加速前進，給我追！」

一聲令下，本來在水軍後面的旗艦，立刻加速前進。

「給甘寧發信號，讓他收拾殘局，剩下的人，不能再被跑掉了！」

高飛雖然氣憤，但是也知道甘寧已經盡心盡力了，荀彧的船隊突然出現，本來就在意料之外，所以他也能理解。

陳留城的城牆上，史渙、韓浩並未來得及上船，仍然在和燕軍靠近城牆的士兵血戰，兩人看到曹操走了，這才鬆了一口氣。

「納命來！」

突然，王威從水裡竄了出來，一刀砍斷史渙的腿，緊接著再砍韓浩一刀，兩人措手不及，摔倒在城牆上，被王威帶來的人亂刀砍成了肉醬。

王威割下了韓浩、史渙的人頭，提在手裡，大聲地喊道：「你們的大王已經逃走，不要你們了，你們還是早些投降，免得死不瞑目！」

其實，魏軍的將士軍心早已動搖，看到自己被圍困在此，而曹操卻扔下他們跑了，感到很是氣憤。當其中一個人先投降時，連鎖效應下，一下子便帶動周圍人的降心，一時間投降的聲音絡繹不絕。

甘寧帶領的人很快解決了周圍的魏軍士兵，接到高飛傳來的命令後，便立刻開始進攻城牆上的士兵，迫使他們投降。而在水中決戰的魏軍也經受不起燕軍的猛攻，被迫投降。

與此同時，高飛正帶著旗艦一路追擊出去，可是與曹操所乘坐的船隻相去甚遠，未能及時趕上，只好放棄，然後回頭收拾陳留殘局。

一個時辰後，陳留城內的三萬五千人投降燕軍，韓浩、史渙被殺，城內七萬百姓盡皆投降了燕軍。

水淹陳留，足足半天有餘，洪水才緩緩退下。

當洪水退得一乾二淨的時候，已經是深夜了，高飛急忙帶著騎兵，沿著泥濘的道路追擊曹操而去，留下荀攸收拾陳留殘局。

深夜，烏雲散去，風停雨住，曹操等人十分狼狽的向西南而去，只有寥寥數十匹戰馬，身後跟著的全部都是徒步前行的大軍。

為了逃命，曹操捨棄大軍，好不容易才逃了出來，在路邊休息片刻，看到左右枝葉茂盛，便哈哈大笑了起來。

「大王，你笑什麼？」眾人都不解地問道。

曹操說道：「我笑天無絕人之路，老天爺專門為我打開了一扇門，又讓文若及時趕到，眾人都撿回了一條命，難道不值得我笑嗎？大家……」

突然，不等曹操把話說完，忽然道路兩邊火光突起，燕軍士兵湧現出來，將曹操等人圍在道路中央。

為首一人便是張南，一見曹操來了，便立刻行動，並且大聲喊道：

「魏王殿下，某在此等候多時了！」

突然出現的燕軍，讓正在逃亡中的曹操大吃一驚，他當下抽出腰間的倚天劍，向前猛然一揮，大聲喝道：「殺出去！」

一聲令下，曹操第一個衝了出去，長劍揮舞，快馬狂奔，絕影馬在黑夜中猶如一支離弦的箭矢，飛一般地衝了出去。

許褚、夏侯惇、曹仁、曹洪、曹休等人也毫不示弱，策馬跟隨著曹操的身後，奮勇向前衝殺，而徐庶、劉曄、程昱等人則夾雜在步兵中間向前猛衝。

魏軍將士的求生欲望極為強烈，他們都很清楚，後面有追兵，如果不儘快離開此地，恐怕會危險重重。

張南指揮著士兵進行堵截，本以為能夠輕鬆的解決掉這一小撥魏軍，哪知道敵人的攻勢如此地猛烈，曹操本人也像一頭凶猛的野獸一樣，連續斬殺幾個人後，絕影馬突然騰空躍起，跨過幾十個士兵組成的人牆，落地之後，頭也不回的跑走，一溜煙便消失在夜色當中。

許褚、夏侯惇、曹仁、曹洪、曹休等人也紛紛奪路而去，張南一人抵擋不住這股凶猛的洪流，只得讓開道路，於道路兩旁掩殺。

這時，韓猛率領大軍從魏軍後面趕來，一經衝殺過來，立刻加入戰鬥，看見張南陷入苦戰，便大聲喊道：「張南，迅速截斷魏軍去路！」

張南見韓猛帶著大批騎兵奔馳過來，臉上一喜，大聲喊道：「快！截斷魏軍歸路！」

話音一落，急忙指揮士兵向中間衝殺，硬生生地將魏軍的數千步兵給攔腰截斷！

此後，難樓、鮮于輔、淳于導、蔣義渠等人分別從四面八方率軍攻擊過來，將三千多魏軍步兵給堵了起來。

魏軍士兵衝突不出，見和曹操等先頭部隊斷開了聯繫，而燕軍的士兵越來越多，自覺無可奈何，在燕軍士兵喊出「投降不殺」的口號後，大批的士兵開始棄械投降。

不多時，賈詡策馬從後趕來，當他趕來時，戰鬥基本上已經結束了，鮮血染紅了大地，屍體到處都是，林蔭小道上充滿了血腥的味道。

賈詡一到，便急忙問道：「曹操呢？」

「跑了！」韓猛立刻回答道。

「絕對不能讓他跑了，給我追，韓猛、難樓，鮮于輔，蔣義渠，都跟我來，不追上曹操，誓不甘休！」

賈詡話音一落，立刻向前追擊而去，留下張南、淳于導兩人押解俘虜、收拾戰場。

賈詡走後，張南、淳于導剛把俘虜聚集在一起，準備帶著他們回軍營時，便聽見一陣急促的馬蹄聲。

兩人大驚，以為是殘餘的魏軍，急忙做好戒備。當黑影漸漸駛進時，張南趁著夜色才看清來人的面孔，當先一騎竟是高飛。

二人見狀，急忙翻身下馬，抱拳道：「末將參見主公！」

高飛從陳留城率領大軍一路衝殺而來，黑夜難辨，蹤跡難尋，若不是派出的斥候聽到這裡有喊殺聲，必然會錯過方向，一路向東南追去。

此時，高飛看見張南、淳于導，知道二人是韓猛的部下，喝問道：「韓猛何在？」

「啟稟主公，已經隨總軍師追擊曹操去了。」張南答道。

「曹操還剩下多少兵馬？」

「騎兵不到五十，步兵不足八百！」

高飛臉上揚起喜色，吼道：「追上去！」

話音一落，張南、淳于導迅速讓開道路，高飛帶著趙雲、魏延、龐德、文聘、盧横、褚燕等兩千輕騎兵急速追了出去。

高飛等人快馬加鞭，連續奔馳，沿路不時能夠看到魏軍的屍體，當追到十里的地方時，高飛聽見前面傳來一片喊殺聲，看見賈詡正在指揮兵馬與魏軍作戰。

「包圍敵人！」高飛急忙喊道。

他自己則策馬來到賈詡的身邊，掃視了一眼前方擋住道路的魏軍步卒，見裡面沒有曹操，便問道：「曹操何在？」

賈詡道：「就在前面，可惜被這撥士兵給擋住了，這些人寧死不降，視死如歸，擋住前進的道路，我軍目前無法突圍，韓猛正率部衝殺。」

高飛看了眼前方的士兵，怒道：「區區六百步兵，豈能擋住我的去路？子龍、文長、令明、仲業，衝過去，全部予以誅殺！」

「諾！」趙雲、魏延、龐德、文聘四人各率領二百騎兵從兩旁的道路衝了過去，盧橫、褚燕留在高飛的身邊。

「軍師，我有一事不明，還望軍師予以解答！」高飛扭臉對賈詡道。

賈詡道：「主公請問，屬下必當知無不言，言無不盡！」

高飛問道：「荀彧為何突然會率領船隊出現？」

賈詡道：「啟稟大王，屬下率部占領定陶之後，一路追擊荀彧而來，然而荀彧此人很是狡猾，於路上分兵進行抵禦，設下路障、陷阱，阻滯了我軍的前行速度。後來，突然降下暴雨，行軍極為不易，遂受到了阻隔，一連幾天都無法行動。至於他為何會有那麼多船，屬下就不得而知了！」

高飛聽完後，不禁看了看夜空，大聲罵道：「該死的老天爺……」

「投降不殺！投降不殺！」

此時，燕軍已經全部將魏軍包圍了起來，並且圍在坎心，喊出了振奮人心的話語。

餘下的三百多魏軍士兵，傷的傷，殘的殘，一個魏軍屯長站在最外圍，手中握著的兵刃依然在滴血，環視了一圈燕軍的將士們，嘴角露出笑容，喊道：「你們是不可能追上大王的……」

說完這句話，那屯長咳了一口血，他扭頭對身後的士兵喊道：「兄弟們，咱們再給魏王爭取一些時間，跟我殺！」

話音一落，三百多魏軍的士兵紛紛大聲地喊叫著，向著包圍他們的燕軍便衝撞了過去，沒有任何的畏懼。

「殺！給我殺！一個不留！」高飛一邊大聲喊道，一邊帶著身後的騎兵從道路邊上繞路過去，朝著曹操逃跑的方向便追了出去。

賈詡、盧橫、褚燕、韓猛、難樓緊緊相隨，趙雲、魏延、文聘也一併跟了過去，龐德、鮮于輔、蔣義渠則留下來對付那撥殘餘的魏軍士兵。

「啊……」一聲聲慘叫響徹夜空，魏軍的士兵在殺與被殺之間掙扎，最終淪為燕軍士兵的刀下亡魂。

高飛率領著騎兵一路追擊，一邊追，一邊對身邊的賈詡道：「軍師為何會算定曹操走這條路？」

賈詡道：「此條路通往潁川，聽聞潁川尚有一批魏軍，曹操必然會前去回合，所以屬下事先做好了安排，沒有追擊荀彧去陳留，而是分兵把守在這一帶，組成了一個弧形的防線，力求在此劫殺曹操。」

「嗯，此計甚妙。今日必須要追到曹操，如果追不到的話，此人若是帶著魏軍的殘部投靠其他國家，對於我軍來說，絕對是一個後患！」

高飛也開始擔心起來了，生怕抓不住曹操，而且他也早已經想好了，根本不需要活捉，他只要曹操的人頭。

「諾！」

一行人繼續追逐，可惜連續奔跑了將近十里路，卻始終沒有曹操的蹤跡，道最後連馬蹄印也消失的無影無蹤了，就像是憑空消失了一樣。

最終，高飛還是失去了目標。可是他並未就此放棄，當即匯聚眾將，大聲喊道：「雖然失去了曹操的蹤跡，但是曹操一定跑不遠，現在大家分開追擊，只要看見曹操等人，不用等待命令，除了曹操以外，如果有投降的，將其綁來見我，如果遇到曹操本人，提他人頭來見我！」

「諾！」

「記住！就算是要掘地三尺，也要把曹操給我找出來，我要見到他的屍體！」高飛再一次言辭懇切地說道。

「諾！」

一聲令下，眾將迅速分開，高飛和賈詡走在一起，帶領二百騎兵繼續向前追逐。

黑夜裡，曹操騎著絕影馬快速狂奔，只是，他不敢順著大路跑，而是穿梭在小路上，也不知道走了多少路，更不知道走了多久，只覺得此時身心疲憊，又累又餓。

自打他剛才從張南的堵截中衝出來後，座下的絕影馬快，以至於使得他和部下失散了，落得孤身一人。

月夜朦朧，曹操的心裡正如那輪掛在夜空的殘月，顯得無比的悲涼。

此時，他彷彿又想起了當年率部討伐董卓時，自己為了占領敖倉，中了李儒的埋伏，只剩下孤身一人的事情來，當時若不是曹洪救了自己一命，哪裡還有今天的他。

可是，如今，他只有一個人，身上的衣服早已經汗濕了，緊緊地裹在身上，此時一陣風吹來，只覺得涼意綿綿。

絕影馬也跑累了，漫無目的的走著，不知不覺便爬上一個小山坡，走了一小會兒，曹操便看見了一個亮著光的小山洞，以及從山洞裡傳來了一陣肉香。

饑餓驅使著他朝那個山洞走了過去，來到山洞門口，見篝火叢生，篝火上面烤著一隻雞，火堆邊上坐著一老一少，他下了馬，便徑直朝山洞裡走了過去，畢恭畢敬地向著老者拜了一拜，說道：

「老丈，我餓壞了，能不能吃一點你烤的肉？我給你錢！」

第八章

權宜之計

張勳見臧洪猶豫不決，便道：「如今魏王大勢已去，我們投降曹操也不過是權宜之計，為了活命而已，不如我們投靠燕軍算了。」

臧洪急忙道：「不可，這事我堅決不做，如果再投降的話，必然會被人稱為三姓家奴呢。」

山洞內，坐著篝火邊上的坐著一老一少，聽到外面傳來曹操的話語，一起扭頭向外看去。

這一看不打緊，站在山洞外的曹操反倒被這一老一少嚇了一跳，不自覺地向後退了一步，心跳也迅速加速起來，原來這一老一少的面容醜陋無比，加上微弱的火光照射下，讓他感覺像是見到了鬼怪一樣。

老者瘦得只剩下皮包著骨頭，皮膚被火光映照出奇異的褐紅色，而捲曲的鬍鬚，長長的眉毛，沖天而起的頭髮，更是鮮豔的火紅色。就連那黑色的眼眸深處，同樣有著一團赤紅色的火焰在熊熊燃燒，讓人不敢對視，使他渾身散發著危險的氣息，讓人不覺地感到畏懼，不敢接近。

少年的臉龐像是被扭曲了一樣，皺巴巴的，五官雖然沒有移位，但是長相非常抽象，又黑又瘦，頭髮也是亂糟糟的，看年紀不過才十歲左右。

老者從頭到腳打量了一下曹操，見曹操身披鎧甲，頭頂頭盔，腰中還懸著一把長劍，戰靴和褲腿都沾滿了泥巴，一臉的狼狽相，手裡還牽著一匹氣喘吁吁的高頭大馬，便好奇地問道：「閣下何人？」

「我……我只是一個過路的，路過此地，結果迷路了，現在又累又餓又睏，想借老丈此地休息片刻，填飽肚子，我給你們錢，十倍的價錢。」曹操聽老者說的是人話，定了定神，緩緩地說道。

老者扭回了頭，坐在篝火邊安靜異常，閉目養神，蠕動嘴唇道：「進來吧，閣下隨意。」

曹操將絕影留在山洞外面，邁開步子朝篝火邊小心翼翼地走著，生怕打擾了那一老一少。

坐下後，他毫不猶豫地伸出手，將放在篝火上烤熟的香噴噴的雞給取了下來，張開嘴便吃了下去，也不覺得燙，一番狼吞虎嚥後，將整隻雞吃得一乾二淨。

他允了一下手指上的油漬，貪婪地問道：「還有嗎？」

老者這時睜開眼睛，看到曹操將整隻雞吃得一乾二淨，搖搖頭道：「這是僅有的一隻，閣下如果想吃，那邊有弓箭，閣下可以自行到山上獵取。」

曹操知道自己並未脫離危險，從懷中掏出一塊玉，遞給老者，說道：「這塊美玉價值不菲，乃我貼身之物，若拿到市上去換錢，能換好多好多錢，今日蒙老丈一餐之恩，他日必當重謝。」

老者看都沒有看那玉佩一眼，便把眼睛給閉上了，緩緩地道：「錢財乃身外之物，對於我們來說毫無用處。閣下正在逃難當中，或許這玉佩對閣下以後有著莫大的幫助，閣下休息片刻後，就請離開此地吧，往西南走，那裡有一條偏僻小道，可避過追兵。」

曹操聽後，臉上一怔，心中暗想：「**這老者好眼力，居然能看出我是在躲避追兵？**」

「老丈，一餐之恩，難以報答，他日我若是能飛黃騰達，必然會重謝老丈。只是，我尚且不知老丈大名，以後又要如何尋找？」曹操抱拳說道。

「有緣自會見面，一頓飯而已，閣下不必放在心上。閣下西去，必然會受到層層阻隔，聽聞燕軍大將張遼正在攻打潁川，魏軍大將夏侯淵占據許縣，閣下應該儘快離開潁川，經軒轅關入洛，或許還能有一線生機。」老者始終沒有看曹操一眼，只輕輕地蠕動著嘴脣。

曹操聽後，更是驚奇不已，暗道：「此人到底何人？居然連我的路線也摸得一清二楚？」

這時，老者緩緩地睜開眼睛，深邃的眸子裡冒出一絲精光，轉瞬即逝，看著曹操一臉驚愕，淡淡地說道：「閣下趕快離開這裡吧，再晚，只怕就會有危險了。士元……」

「在。」

少年這時候睜開眼睛，應了聲，雙眼看著老者。

「將你身上帶的口糧交給這位閣下，此去潁川路途較遠，荊棘遍布，困難重重，比起我們來，這位閣下更需要這些口糧。」老者吩咐道。

少年點點頭，解下腰中繫著的袋子，將袋子遞給曹操。

曹操站在那裡，不知道該接還是不該接，可是又弄不明白兩個人到底是誰，而且看樣子這兩個人並不想告訴自己。

他想了一下，將玉佩遞給少年，說道：「多謝兩位的好意，這塊玉佩還是送給兩位，他日曹某飛黃騰達之日，必會派人尋訪兩位，以此為信物。若兩位有甚難處，也可以來關中尋找我，我叫曹操。」

說完，曹操拿起口糧便出了山洞，走到山洞門口時，轉過身子，朝著這一老一少拜了拜，這才翻身上馬，騎上絕影後，便消失在夜色當中。

曹操遠去後，山洞中的少年坐在老者身邊，不解地問道：「叔父，曹操已經淪為喪家之犬，為什麼還要幫助曹操？」

「士元，**看人不能看表面**，曹操之所以會大敗，是因為他在中原立足未穩，他的失敗，主要是在青州和徐州的問題上，如果不是這次青州和徐州的事，曹操未必會落得如此狼狽。**曹操乃亂世之奸雄，我相信，他以後必然會東山再起，而**

且很有可能會成為高飛最強勁的對手。」老者緩緩地說道。

「可是，高飛並不差，叔父為什麼不幫助高飛除掉曹操，然後投靠高飛呢？我想，以高飛之大度，必然會對叔父器重有加，那麼叔父後半輩子就儘管享清福了。」

少年侃侃而談，說出的話，完全超越了這個年齡應有的稚嫩。

老者搖搖頭道：「不……你還是沒有看透，大丈夫立於亂世當中，當建功立業，成就豐功偉績。如今燕軍人才濟濟，氣勢逼人，官渡一戰打敗了處在上風的秦軍，而今又擊敗了曹操，中原即將易主。

「然而，勝利並非是一件好事，往往會導致人的驕傲心理，加上你現在還小，並不知名，沒有人能夠看出你身上獨具的經天緯地之才，就算我帶你去了燕國又如何？燕國謀士、武將眾多，何時才能輪到你發揮才能？

「可是，曹操帳下並無國器之才，夏侯惇、夏侯淵、曹仁、曹洪、徐庶、荀彧、程昱、劉曄等輩都不足以堪當大任。你長成大人後，曹操也該東山再起了，**他所缺乏的是一個國器，而那個國器，就是你！**等你拿著玉佩去找曹操的那天，正是你施展才華的時候。」

少年聽完老者的話，心裡明白，這是老者在給他創造一個得以施展才華的平臺。

他默默地點點頭，對老者說道：「叔父，我記下了。明日一早，咱們就回襄陽吧，我去拜訪水鏡先生，再與他談論一下天下大勢。」

「哈哈，士元，你終於想通了，這才是你該走的路。看來，這次中原之行，我並沒有帶你白來一趟。**你現在就是一隻雛鳳，假以時日，一定會翱翔於九天，清鳴於雲中**，到那時，你就會明白，為何今日叔父會幫助曹操了。」老者開心地笑道。

這時，山洞外面來了一批騎兵，一個身穿鎧甲，頭戴鋼盔的將軍走了進來。

他先掃視了一眼山洞裡的情形，見山洞內除了這一老一少外再無其他人，更沒有任何藏身之處，便喝問道：「你們可曾見過一個這麼高，穿著一身盔甲，騎著馬的人經過這裡？」

老者點點頭道：「看見了，還搶了我們烤的雞，吃飽之後，又搶走我們的口糧，然後揚長而去，朝東南方向縱馬而去了！」

戴盔穿甲的將軍是魏延，狐疑地看了眼少年，見少年身材並不高，面相醜陋，一把將少年拽了過來，問道：「小孩，我問你，他說的可是實話？」

「我叔父說的自然是實話。」

「那我怎麼肯定你說的是實話？」魏延的眼裡冒出幽光，殺意大起。

少年道：「我叔父教過我，小孩子不能說瞎話，說瞎話的話，舌頭就會爛掉，我可不想舌頭爛掉。」

魏延見少年頗有童真，便鬆開了手，問道：「聽口音，你們不是這裡的人吧？來自哪裡，叫什麼名字？」

「我叫**龐統**，來自襄陽，這位是我的叔父，本來是探親的，誰知回來的路上遇到暴雨，只能暫且棲身在山洞內。」少年答道。

魏延見少年對答如流，一臉的天真，便衝外面一個騎兵說道：「帶口糧沒？扔給這一老一少一袋口糧！」

一個士兵「諾」了聲，解下一袋口糧，扔進山洞，魏延則迅速消失。

龐統撿起那袋口糧，看著遠去的魏延，對老者說道：「叔父，燕軍果然仁義！可惜以後卻是我的敵人，這個將軍的面容我記下了，以後我會放他一馬的。」

「知恩圖報，很好……很好……」

老者只說了這句話，便不吭聲了，繼續閉目養神。

曹操一路狂奔，專挑小路走，到天色微明的時候，這才敢停下來歇息片刻。他坐在樹下，仰望天空，也不知道那些跟隨他的將士們都如何了。

「我已經自身難保了，哪裡還有心思顧得上他們？但願他們都平安無事……」歇息一會兒後，曹操再次騎上絕影馬，還真別說，如果不是絕影馬的速度快，估計他早就被燕軍給擒住了。

剛一上馬，曹操便聽見後面傳來陣陣馬蹄聲，心中一驚，急忙回頭，見許褚、夏侯惇、曹仁、曹洪、曹休、徐庶、荀彧、程昱、劉曄、滿寵策馬而來，每個人都狼狽不堪。

「大王……大王……」許褚第一個發現曹操，驚喜地叫道，其餘人也是一臉的興奮。

曹操策馬相迎，看到這十人文武大臣，眼眶都濕潤了。

兩下相見，眾人紛紛下馬，參拜曹操，都哭喪著臉，大聲喊道：「大王，可算找到你了，臣等都擔心死了，生怕大王會出什麼事……」

曹操也是老淚橫秋，此時此景，他又怎麼不掉淚呢。

他將眾人一一扶起，見許褚身上受了三處傷，夏侯惇身上受了兩處傷，曹仁、曹洪、曹休、徐庶也盡皆受到不同程度的傷，荀彧、程昱、劉曄、滿寵四人，衣服都被刮得破爛不堪，衣不蔽體。

看到這種情形，曹操心中氣憤不已，也悔恨不已，說道：「我對不起你們啊……」

「大王，此地不宜久留，燕軍追兵正在四處搜尋大王的蹤跡，當務之急，當立即離開此地，聽說夏侯將軍就在許縣，我們應該儘快趕過去回合，只要有了兵馬，就可以再次和燕軍戰鬥。」徐庶抹了一把眼淚，勸慰道。

曹操掃視眾人，見董昭、毛玠、呂虔、任俊等大臣都沒有跟來，不禁問道：「其他人呢？」

眾人都嘆了一口氣，誰也不願意回答。

最後還是許褚說道：「大王，其他幾位大人，都被燕軍擒獲，現在生死未知……」

曹操嘆道：「高飛一向愛才，必然不會為難他們，如果他們能投降高飛，未必不是一件好事。我連自己都保護不了，又如何保護他們！」

「大王，快別這麼說，趕緊到許縣要緊，陽翟城裡還有許多兵將，足可以抵擋住張遼的進攻。他們只盼著大王到來，只要大王一到，回到陽翟城裡後，再另想他策不遲！」徐庶催促道。

曹操眼中冒出一絲光芒，道：「我已經想好了歸路，只要你們還願意繼續跟隨我，日後我必然會霸業再起。」

眾人聽後，都一致表示願意繼續跟隨曹操。

曹操調轉馬頭，帶著僅有的十位大臣，朝著夏侯淵所在的許縣而去……

「可曾找到曹操的蹤跡？」高飛靠在一個高坡上，對剛剛回來的幾名斥候問道。

斥候們都搖了搖頭，臉上也是一片沮喪。

「還不快去找？我就不信曹操長了翅膀不成，竟然能飛走?!」高飛已經尋找了一天一夜，雖然擴大搜索的範圍，卻依然沒有任何斬獲。

「主公，屬下以為，都這個時候，曹操定然逃走了。據張遼飛鴿傳書的消息，說夏侯淵攜帶著曹操的家眷駐紮在許縣，我想，曹操定然會前去和夏侯淵回合，而且陽翟城裡尚有一些魏軍的兵馬，黃忠占領汝南、張郃占領陳郡，只有潁川尚未占領，曹操除了那裡，已經別無去處了。」賈詡分析道。

「通知龐德、文聘、盧橫、鮮于輔、韓猛、張南、蔣義渠、難樓、淳于導等人，讓其迅速押解俘虜到陳留，一切俘虜全部交給荀攸、郭嘉處理，那些魏國的大臣暫且關押起來，派人送到卷縣交給荀諶，等拿到曹操，再行處置！」高飛立刻傳令下去。

之後，高飛發出多隻信鴿，告訴趙雲、魏延、褚燕三人向許縣進發，他則和賈詡一起帶領著騎兵向前奔馳，目的地也同樣是許縣。

許縣的縣城裡，曹操好不容易歸來，先吃了一頓飽飯，然後又洗了個舒適的澡，換了身衣服，這才恢復了魏王的風采。但是，風采依舊，光景卻已大不如前。

一頓飯後，曹操便下令迅速撤離許縣，帶領夏侯惇、曹洪、徐庶、曹休、夏侯恩、曹真等將，以及五百騎兵朝陽翟而去，留下夏侯淵、曹仁、荀彧等人以及馬步軍護送曹操家眷。

陽翟城內外，氣氛異常的緊張，守城的將士不敢輕易打開城門，面對燕軍整日在外面不斷的叫罵，守將臧洪根本不予理會。

「將軍，燕軍如此叫囂，實在欺人太甚，末將願意出城與之一戰！」部將陳蘭自告奮勇道。

接著，李豐、梅成二將亦請命道：「將軍，我等也願意與敵將決一死戰！」

臧洪看了一眼身後的張勳、橋蕤、嚴象、劉勳，問道：「你們的意思呢？」

嚴象道：「張遼緊逼，城中士氣低落，如果真的能夠將張遼斬殺，不僅能解除包圍，更能使燕軍不戰自退。敵軍大將一死，必然會陷入群龍無首的狀態，於我軍有百利而無一害，不過……」

「不過什麼？」臧洪問道。

「不過張遼武藝不弱，曾經是呂布帳下一員大將，不應該被小覷，不知道城中將領能否勝得過他。」嚴象說出心中顧慮。

「哼！一個乳臭未乾的毛頭小子，有什麼好害怕的？看我去將他的頭取來。」陳蘭大叫一聲，話音一落，便握著一口大刀下了城牆。

李豐、梅成二將緊隨其後，告辭臧洪後，便和陳蘭一起帶著騎兵出了城。

臧洪看著城下的一舉一動，心中暗暗想道：「不知道魏王在陳留那邊如何，張遼既然已經攻擊到這裡來了，軍師臨走前曾經交代過，陽翟城內糧草甚多，必須好好防守。軍師啊軍師，你快點回來吧，要是拖得太久，士氣可就要一落千丈了。」

這些人都是袁術舊將，曹操發兵攻打袁術的時候，連戰連捷，最後在汝南的袁術老家裡，將袁術一網打盡，而且俘虜了臧洪、嚴象、張勳、橋蕤、劉勳、陳蘭、李豐、梅成、雷薄、雷緒等人，這些人在袁術死後，便先後投靠了曹操。

臧洪是徐州廣陵人，在討伐董卓的時候，他本是張邈弟弟張超的主簿，後因張邈、張超在爭奪玉璽的時候，被袁紹的人殺死，他便帶領著張超的部下轉投袁術，一直在袁術的宋軍中擔任一郡之守。

當曹操攻進汝南，殺死袁術後，他替袁術收屍，被曹操看到了。當時曹操曾經下令任何人都不得收屍，偏偏臧洪以情誼為重，為袁術收屍，觸犯了曹操立下的法令。

要問斬的時候，曹操一聽說是臧洪，立刻命人放開臧洪。臧洪感其恩情，便歸降了曹操，然後又憑藉三寸不爛之舌，將袁紹的一些舊將全部召到麾下，嚴象、張勳、橋蕤等人也就是那個時候一起投靠曹操的。

曹操對臧洪還算很客氣，任命臧洪做汝南太守，但是由於氣候乾旱，汝南一帶鬧饑荒，便帶著人來到了潁川。

臧洪為人低調，在潁川做了一年多默默無聞的小官吏。徐庶走後，便將陽翟城託付給臧洪，因為只有臧洪能夠做到安撫袁術部下。

張勳之前在袁術那邊也備受推崇，是行軍打仗的一個好手，兩年前兵敗壽春，被孫堅打得落花流水而被迫撤到廬江，與劉勳聯合，隨後又被打開，不得已才逃回了汝南。

他見臧洪猶豫不決，便問道：「如今魏王大勢已去，我們投降曹操也不過是權宜之計，為了活命而已，今日燕軍強盛，必然會占領中原，不如我們投靠燕軍算了。」

臧洪急忙道：「不可不可，這事我堅決不做，如果再投降的話，必然會被人稱為三姓家奴呢。」

橋蕤道：「管他們怎麼喊我們，只要穿得暖，吃得飽就可以了，何況我們若是獻了城，高飛見了肯定會大力的提拔我們的，城中有糧草足夠食用一年有餘，燕軍若是得到了這批糧草，必然會重用我們的……」

「閉嘴！你們誰也別想不戰而降，且再與張遼耗幾天，幾天之後，我們再做定奪。」臧洪果斷地道。

其餘人不再吭聲了，只是靜靜地看著城下。

此時，城門洞然打開，騎在一匹棗紅色戰馬上的張遼一臉的英氣，手持一桿長槍，意氣風發，見從城門裡駛出三個將軍和五百騎兵，便鬆了口氣，說道：「終於出來了。」

「來者何人，報上名來！」張遼向前走了幾步，向對面的人喊道。

「李豐是也！」李豐大叫一聲，策馬狂奔，挺著長槍便向前衝了出去。

張遼也迎了上去，當兩個人快要臨近的時候，張遼冷不丁的手起一槍，連續刺了五六下，但聽李豐一聲慘叫，前胸鮮血淋淋，直接從馬背上墜落馬下。

陳蘭、梅成大吃一驚，心想這李豐乃大力士，為什麼還解決不了一個小小的張遼。兩人對視了一眼，莫逆於心，齊聲大叫一聲，挺著兵器便向張遼衝去。

張遼不甘示弱，許久沒有大顯身手的他，此時顯得很是興奮，縱馬狂奔，迎著陳蘭、梅成便衝了過去。

「砰！」一聲巨響傳來，張遼和陳蘭的兵器撞得太過猛烈了，發出偌大的聲音。

梅成見張遼過了陳蘭的一個回合，早已按捺不住的他立即衝著張遼而去。

「找死！」張遼見梅成舉槍前來，抖擻了下精神，手起一槍，將梅成刺於馬下。隨後，調轉馬頭，長臂猿舒，側身將陳蘭給生擒住。

他帶著陳蘭回到本陣，然後將陳蘭丟在地上，士兵立刻用兵刃抵住了陳蘭的脖子。

「張遼勇猛，勢不可擋，一招便解決掉李豐、梅成，還俘虜了陳蘭，看來並不容易對付啊！」嚴象看到自己的人一個被擒，兩個被殺，心裡一陣驚愕。

臧洪道：「看來還是緊閉城門為上善之策。」因而待外面的五百士兵進城後，便高掛免戰牌，而且加強了巡邏。

張遼看到敵人不出來，叫罵聲絡繹不絕，又連續罵了半個時辰，無奈之下，只好退兵。

大營中，張遼端坐在那裡，看著跪在地上的陳蘭，問道：「你可願意投降？」

陳蘭趕忙表示道：「我願意投降，我願意投降。」

「很好，先好好照顧他，等入夜後，我自有破敵之策。」張遼朝陳蘭擺擺手，示意陳蘭下去。

陳蘭走後，張遼攤開地圖，正想得出神的時候，一個斥候從外面走了進來，報告道：「將軍，主公發來飛鴿傳書，讓將軍必須儘快拿下陽翟城，就算是強行攻擊也要拿下，否則後患無窮。」

張遼急忙寫了封回信，讓斥候帶走。隨後開始苦思冥想，終於想到了一個計策，再次讓人把陳蘭給喚了來。

陳蘭被帶到後，問道：「將軍有何吩咐？」

張遼道：「你可是真心投靠我燕軍的？」

「確實是真心，我心意堅定，將軍又神勇異常，我佩服萬分。」

「既然如此，那就請你幫我做一件事吧，你回到陽翟，為我騙開城門，只要城門一打開，我就帶兵殺進去，和你來個裡應外合，如何？」張遼問道。

陳蘭點點頭，道：「好。」

張遼笑道：「事不宜遲，現在就開始準備。」

陳蘭問：「不知道將軍要用何計？」

「你已經被我擒獲，如果就這樣回去，必然會受到懷疑，你過來……」張遼招手叫道。

陳蘭以為張遼要對他說些什麼，便走到張遼身邊，誰知，剛一靠近，張遼「刷」的一下便抽出腰中鋼劍，一把抓住他的手砍了下去，陳蘭右手四指全部被斬斷，登時鮮血直流，疼痛非常。

「啊……」

陳蘭疼得大聲喊了出來，看著斷掉的手指，心裡憤怒異常。見張遼在那邊邪笑，他捂住流血不止的手，一臉驚恐地問道：「將軍，我是真心投靠，為什麼你要這樣對我？」

張遼嘿嘿笑道：「你剛才不是答應我了嗎？我說和你來個裡應外合，你說好，我是徵求了你的意見才這樣做的，你怎麼反過來責怪我了？」

陳蘭無語，他若是早知道要斷指才能裡應外合，他寧死都不會同意。

他忿忿地道：「可是……也用不著砍斷我的手指啊……我自有辦法混進城裡……」

張遼臉色一變，道：「你怎麼不早說呢？你要是早說出來，我幹嘛要斬斷你的手指？無外乎是想讓城裡人相信你是拼死而逃的而已……」

「……」

陳蘭徹底無語，從沒見過這樣的人，問都不問一聲，便將自己的手指斬斷，他看著張遼，腦中閃過了一個念頭。

「軍醫……軍醫……快過來給陳將軍包紮一下……」張遼故作姿態，走到大帳外，衝著營外大聲喊道。

不一會兒，軍醫跑了過來，替陳蘭治理了傷勢，用繃帶纏上後，又灑上金瘡藥，才算是止住了流血。

張遼看著陳蘭，一臉愧疚地說道：「陳將軍，讓你受委屈了，等拿下了陽翟城，我一定在燕侯面前好好讚賞你，以燕侯的為人，必然會對你很重用的，說不定還會封你為侯呢。」

陳蘭苦笑了一下，看著斷指，心中暗暗想道：「此仇不報，我陳蘭誓不為人！」

張遼繼續說道：「陳將軍，入夜後，你先混進城，到了子時，你就打開城門，在城內舉火為號，我相信，你也有部曲，只要他們願意和你一起歸順我軍，好處絕少不了的。陳將軍，能否拿下陽翟城，就看你今夜的行動了。只要你一發信號，我便率大軍衝殺進去，裡應外合，占領陽翟簡直是易如反掌。」

陳蘭點頭道：「放心吧將軍，我一定會讓你如願以償的，到時候，還請將軍多多提拔才是。」

張遼拍了拍陳蘭的肩膀，道：「這個好說……現在離天黑還有一段時間，你且去大帳中休息休息，等時候到了，我自然會派人去叫你。」

陳蘭「嗯」了一聲，拖著帶傷的手，離開張遼的大帳。

張遼目送陳蘭離開後，向親兵喊道：「將白宇、李玉林二人叫進來。」

不一會兒，白宇、李玉林進了張遼的大帳，拜道：「末將叩見將軍！」

張遼道：「嗯，兩位請坐。」

「不知將軍喚我二人前來有何吩咐？」白宇、李玉林坐定後，齊聲問道。

張遼道：「你二人的能力我十分清楚，兩位都是能人異士，一個能驅使蛇群，一個善於馴獸，有你二人給我當部將，我張文遠榮幸之至。」

「將軍過獎了。」

張遼先讚揚了白宇和李玉林一番，然後話鋒一轉，道：「不過呢，中原這裡毒蛇猛獸甚少，這麼一來，你們就顯得並無用處了，我想，不如你們還是回去好了，回到主公的身邊，或許能夠再立功勳……」

「將軍要趕我二人走？」李玉林聽了，吃驚道。

張遼為難道：「我也不想啊，可是留在軍營裡的人都是上陣殺敵的，這裡幾乎沒有毒蛇猛獸，你們兩個留在這裡也很屈才，不如……」

「將軍！你太看不起我們了！」李玉林憤怒的站了起來，朗聲說道。

「哦……據我所知，你們兩個是主公從東夷帶回來的能人異士，也許是我孤陋寡聞，似乎你們會驅蛇控獸之外再無其他才能，不知道你們上陣殺敵如何？」

張遼極力打壓著白宇和李玉林，彷彿在他的眼中，此二人一文不值。

「張將軍！你太小看我們了，我們並不是無能之輩，上陣殺敵也未嘗不可！」

李玉林被徹底激怒了，作為一名出色的馴獸師，他的能力不僅僅是這些，但是在張遼的眼裡，彷彿他是個微不足道的人物。

要知道，現在燕軍正在使用的信鴿，那可都是他一手訓練的。而且多次借用猛獸襲擊敵人，為燕軍立下戰功，這些事，其他人都看得見，為什麼到了張遼的眼裡就一分不值了！

「哦，那我倒要看看，你有多大的本事！」張遼冷笑一聲，道：「眼下我有一項任務要交給你們兩個，如果你們能夠出色的完成，我保證絕對不會再輕看你們，就是不知道你們有沒有那個膽量。」

「有何不敢！」李玉林叫道。

張遼看了眼一直沒有說話的白宇，見白宇面色陰鬱，便道：「不知道這位白兄弟是否也有如此膽量？」

李玉林見白宇尚在猶豫，一把將白宇給拉了起來，大聲吼道：「怕什麼？有我在，你死不了，何況你身上藏著那麼多毒蛇，誰敢近你的身？」

白宇委屈地道：「我……我不是怕近身，我是怕箭弩……」

他說的確實是實情，上次在那個沼澤裡伏擊魏軍的時候，要不是他反應快，他非要被典韋的一支大戟給插死不可。從那之後，他就對弓箭類的武器很害怕，尤其對遠端的弓弩很畏懼。

「怕什麼？有弓箭，我替你擋！」李玉林道。

白宇點點頭，問道：「將軍，什麼事情，你儘管說。」

張遼道：「今日我擒獲了敵將陳蘭，只是他並非真心歸順，加上我剛才又斬斷了他的四根手指，他定然對我懷恨在心。我已經和他約定好，準備讓他去騙開城門，來個裡應外合。屆時，他一定會向城中的守將告密，**我會引兵故意在北門假裝與其裡應外合**，城中的守將必然會將兵力全部調到北門伏擊我軍，這個時候，其他城門必然空虛。

「所以，我想讓你們兩個帶領一支小隊攀越城牆，奪取城門，然後在城中放火，我見到火勢起來，就會有軍隊從那裡進入，你們兩人負責帶領他們在城中殺敵，攪亂敵人。其餘的事情，你們就不用操心了。」

李玉林道：「如此簡單，再容易不過了，只需白宇放出幾條蛇爬上城牆，嚇唬一下守門士兵，我們就可以安然無恙的攀爬上去了。」

白宇點點頭道：「嗯，這個主意好。」

張遼哈哈笑道：「那好，我分你們二人五千兵馬，今夜只許成功，不許失敗。」

「諾！」

入夜後，陳蘭獨自一人從燕軍大營策馬來到陽翟城下，見城上守衛森嚴，弓弩齊備，便急忙大聲喊道：「快開城門，快開城門！」

守城的將領是橋蕤，他看見陳蘭獨自一人前來，便下令弓箭手暫時不放箭，等陳蘭來到城門口的時候，奇怪地問道：「你不是被張遼擒獲了嗎？這會兒跑來，是不是想騙開城門？」

「張遼確實派我來這樣做的，但是我有那麼傻嗎？快開城門放我進去，我有殺張遼之策！」陳蘭道。

橋蕤和陳蘭同為袁術舊將，關係也不錯，橋蕤聽後，二話不說，立刻下令打開城門，放陳蘭進來。

陳蘭一進入城裡，便急忙道：「快帶我去見臧將軍，我有要事稟報。」

橋蕤注意到陳蘭的右手纏著繃帶，問道：「你的手怎麼了？」

陳蘭道：「沒什麼，張遼不相信我，我為了表示忠心，只好自斷四指，他這才派我來。」

橋蕤狐疑道：「你有如此膽魄？」

「當時情勢由不得我，不如此，我必死之，你現在也不會見到我了，就算見到，也只是我的一顆人頭而已……」

橋蕤信以為真，便帶著陳蘭去了太守府。

太守府裡，臧洪根本就睡不著，外面大兵壓境，他卻毫無破敵之策，除了固守，似乎沒有其他辦法了。正苦思如何退敵的時候，卻見橋蕤帶著陳蘭走了進來，大吃一驚，道：「你怎麼回來了？」

陳蘭於是將自己如何回來的經過說了一遍，不過，他將張遼的計策說成是自己的計策，還說自己斷指以求得張遼的信任，將自己說得很有膽魄的樣子。

臧洪聞言道：「既然如此，**將計就計倒是不錯的方法**，即刻傳令張勳、劉勳、嚴象來太守府議事，今夜定要將張遼擒住！」

「諾！」

夜色昏沉黑暗，和舉行葬禮時一樣的淒慘，月亮和星星都被烏雲和細雨遮蔽，好像完全消失了一般。

陽翟城外，張遼率領兵馬靜靜地等候在那裡。

細雨飄落在張遼的盔甲上，水珠沿著盔甲向下滴淌，他的臉早已被雨水打濕，筆挺的鼻尖上掛著雨滴，正一滴一滴的濺到座下馬上。

冷峻的面容，深邃的眸子，外加健壯的體魄，短短幾年，他儼然成為獨當一面的大將。自從被高飛騙他投降後，他有過一段時間非常的沮喪，因為呂布的死，更讓他的心情跌落到了谷底。

高飛曾經多次讓張遼到薊城為官，統治城中近衛，但都遭到了張遼的拒絕。對他來說，既然不能悲壯的死去，就只能卑微的活著，雖然高飛很器重他，但他深知，作為一個降將，和老早就跟隨高飛的舊部肯定不能相提並論。

在看到文醜、甘寧、韓猛等人受到排擠後，於是張遼主動提出去鎮守朔方，寧願在邊郡逍遙自在，也不願意回到薊城。

可是，高飛並未就此放棄自暴自棄的張遼，反而大肆的提拔他，封他為十八驃騎之一，又賜他名爵，隔三差五的派人給他送來幽州特產、冀州特產，送酒、送馬、送美女，時常寫信對他噓寒問暖，這一切舉動，都使得他心窩裡那最軟的地方深深地受到了觸動。

死者已矣，張遼逐漸走出了悲傷，他將呂布埋藏在心底，重拾生活，娶妻生子，打起十二分精神，和匈奴各部落進行溝通，徵召了三千匈奴勇士，再一次組成新的並州狼騎兵，加以訓練，成為他貢獻給高飛的一個本錢，駐守朔方，保境安民，使得燕國西部邊疆一帶安穩異常。

當他收到高飛從中原發來的召喚時，便毫不猶豫地踏上行程，留下狼騎兵守備朔方，自己獨自一人趕赴中原，力求能在這一場混戰中取得不俗的成績，以報答高飛對自己的厚愛。

此刻，往事一幕幕的襲上心頭，張遼的心情十分沉重，看著不遠處燈火通明的陽翟城，他下定決心要一戰攻下此城。

又等了一會兒，張遼的身上已經被雨水打濕透了，扭頭問道：「什麼時間了？」

「還差一刻鐘就到子時了！」

「傳令下去，所有士兵全部準備好，隨時準備戰鬥！」

「諾！」

又等了片刻，差不多到了子時，陽翟城的大門洞然打開。

「將軍！」一個士兵對張遼輕聲喊道：「城門打開了！」

張遼隔著濛濛細雨，見門洞裡出現火光，陳蘭站在城門朝這邊招手，他忙對身後的士兵喊道：「都跟我來。」

話音一落，張遼策馬而去，見陳蘭揮動著火把，三長兩短，正是信號。

很快，張遼帶著五百騎兵來到城門口，陳蘭當即迎了上來，看到張遼只帶來五千馬步軍，狐疑地道：「將軍，為什麼只有這些人馬？」

張遼笑道：「你我裡應外合，又值深夜，其他人都入睡了，深夜動手，這些馬步軍足矣！」

陳蘭也不及多想，反正張遼親自來了就行，只要殺了張遼，其他人都是烏合之眾，便道：「我已經打點好一切，我的舊部都願意聽從我的，只要張將軍跟我進城，就能很快占領此城。」

「很好。」張遼滿意地說道：「你前面帶路。」

陳蘭點點頭，轉身喊道：「都給我閃開，張將軍來了，我們……」

「刷！」

張遼手中握著的大刀突然猛力朝陳蘭的頭上劈了下去，冰冷的刀鋒從陳蘭的後脖直接落下，一顆人頭登時脫離身體，飛向空中，鮮血噴湧而出。

「殺進去！」

張遼一刀砍下陳蘭的腦袋後，立刻縱馬狂奔，一聲令下後，身後的馬步軍也迅疾地對城門邊的士兵出手。

陳蘭腦袋瞬間被砍掉，所有的士兵都是一陣驚愕，還沒有反應過來，便被快速衝來的燕軍士兵給砍翻在地。

張遼策馬衝在最前面，看見甕城上的魏軍隱隱露出頭顱，他不再前進，反而指揮士兵搶占城牆。

臧洪、張勳、劉勳、橋蕤、嚴象等人都守在甕城上，本來等張遼率領大軍進入甕城後便將其射殺在甕城之內，哪知道張遼突然殺了陳蘭，並且分兵攻上城牆，就是不向前靠近，氣得眾人乾瞪眼。

「放箭！」橋蕤看到好友陳蘭被殺，當即拔出長劍，大聲喝道。

一聲令下，埋伏在甕城城牆上的弓箭手紛紛射出箭矢。霧雨濛濛，箭矢如雨，強大的箭陣從天而降。

燕軍士兵早有準備，騎兵自始至終都沒有從外面出現，步兵從城門衝進去後，便迅速上了城牆，木盾護體，組成一個盾牌陣地，擋住強大的箭陣。與此同時，隨著張遼衝上城牆的士兵迅速奪取了城牆，與在甕城上的魏軍對面相望。

這時，城中忽然失火，火光沖天，濃煙滾滾，城中也傳來震耳的喊殺聲。

「將軍，燕軍入城了，其兵多不勝數……」一個士兵鮮血淋淋的跑了過來，大聲喊道。

「怎麼回事？燕軍怎麼可能進城？」臧洪驚慌失措地道。

嚴象叫道：「糟了，中計了，這是張遼的奸計！」

臧洪當即令道：「劉勳、橋蕤，迅速帶兵回援城內，張勳留守此處，我和嚴長史帶兵分別去糧倉和武庫，絕對不能丟失了這兩個地方。」

「諾！」

眾人急忙分開，七千士兵分成三撥，兩千人把守甕城，兩千人跟隨著劉勳、橋蕤去了失火的地方，臧洪、嚴象則分別帶領五百士兵去武庫和糧倉。

此時，陽翟城的南門附近火光一片，城牆邊上的百姓也慌亂不已，紛紛逃離南門，向城中的安全地帶跑了過去。

李玉林、白宇帶著五千士兵從已經打開的南門不斷向城裡湧，一進城，士兵們便散開，四處放火。

過沒多久，劉勳、橋蕤帶兵前來堵截，和李玉林、白宇帶著的士兵混戰在一起，雙方的士兵塞滿了整個街巷。

混戰一經開始，便立刻進入白熱化的階段，肢體亂飛，鮮血噴湧，弄得靠近街巷的城中百姓都躲在家裡不敢出來。

北門外，張遼帶領的士兵在搶占完城牆後，便和張勳陷入對峙階段，由於魏軍不停地放著箭矢，使得士兵無法靠近，騎兵也無法攻進甕城。

最後，張遼下了城門，從步兵手裡拿過來一個木盾，如果不盡快攻進甕城的話，那麼李玉林和白宇就會有危險。

一想到這裡，張遼便聚集了五百步兵，向後面大聲喊道：「把衝車給推過來，跟我走，掩護衝車，攻進去！」

話音一落，一輛早已經準備好的衝車便被推了過來，張遼身先士卒，帶著一百名士兵先行衝了出去，留下四百人駕著木盾保護衝車。

「殺啊！」張遼大喝一聲，一百名士兵緊隨其後，他們用盾牌護住身體，遮擋著敵人射過來的箭矢，很快便衝到甕城城門下。

張勳站在城牆上，看到張遼帶人衝到了這裡，登時大吃一驚，只因為要埋伏在這裡伏擊張遼，所以將所有守城用的滾石、檑木全部搬離了，這會兒見燕軍用木盾護身，弓箭失去了威力，竟然不知道該怎麼辦了。

「快！快將那些石頭從下面搬上來，給我狠狠地往下砸！」張勳唯一能想到的辦法，就只有這些了，便大聲指揮道。

魏軍士兵剛跑了下去，燕軍的士兵便推著衝車到了城門邊，架起木盾，擋住駕駛衝車的人，箭矢也只能從邊緣射死或者射傷零星的幾個燕軍士兵。

「轟！」衝車開始用尖銳的木樁撞擊著城門。

城樓上，張勳見狀，急忙喊道：「快守住城門，千萬不能被衝破了！」

話音一落，張勳便下了城門，帶著人朝門洞裡跑了進去。

「轟！轟！轟！轟……」

連續的衝撞聲，將城門給撞得都鬆動了，門框兩邊的石磚開始脫落。

「再加大力度！」張遼見狀，大喊道。

「轟！」

一聲巨響，城門瞬間被撞出一個大窟窿，而且一扇門也倒塌下來。

「啊……」

張勳剛帶兵衝了進來，便見一扇門突然砸了下來，他轉身便跑，還是遲了一步，那扇門直接砸在張勳的腿上，疼得他大喊大叫。

這時，張遼帶人衝了進來，並且給騎兵吹了個暗哨，看見張勳後，揮起一刀便砍了過去，直接將張勳斬首，人頭也滾落到了一邊。

「殺！殺進城裡去！」

張遼大聲喊著，身後的騎兵、步兵不停地朝城中湧了過去，見到抵抗的魏軍士兵便殺，一時間血染大地。

第九章

暗箭傷人

白宇沒有衝鋒陷陣，而是端著連弩跟在後面，用弩箭射擊前面的敵人，暗箭傷人他最拿手，但凡有敵人靠近他的身邊，藏在他身上的毒蛇便會從領口、袖口裡爬出來，張開血盆大口咬敵人一口，使敵人不敢再靠近他。

陽翟城裡已經變得混亂不堪，濛濛的霧雨從黑色的夜空中不斷飄下，卻無法及時沖刷掉地上的血跡。

腥風血雨，廝殺聲響徹天地，陽翟城好幾條巷子裡，都是血流成河，屍體成堆，百姓紛紛躲避在家裡，不敢出門，生怕會殃及池魚。

南門那裡，李玉林衝在最前面。

張遼的話深深的刺激了他，他提著一把鋼刀，身披戰甲，勇猛地衝進了敵人的陣營，一陣揮砍，殺得敵人聞風喪膽，心中還在不停地念想著：

「我絕對不能被人小看，我要讓張將軍看看，我李玉林絕不是單純的只會馴獸而已！」

白宇也不甘示弱，可是他沒有衝鋒陷陣，而是端著連弩跟在後面，用弩箭射擊前面的敵人。

暗箭傷人他最拿手。但凡有敵人靠近他的身邊，藏在他身上的毒蛇便會從領口、袖口裡爬出來，張開血盆大口咬敵人一口，使敵人不敢再靠近他。

一個被毒蛇纏身的人，甚至讓燕軍看了也渾身起雞皮疙瘩，都和白宇保持著一定的距離。

魏軍的劉勳、橋蕤抵擋不住李玉林的一番猛攻，並不是說武力不如人，而是大勢所趨，前面的士兵擋住了他們前進的道路，由於巷子過於窄小，使得後面的士兵雖然跑了過去，卻沒有什麼用武之地，只能隨著前面士兵的撤退而跟著後退，想阻止都阻止不了。

與此同時，張遼率軍殺入城中，以騎兵開道，步兵為輔，在城中的各個巷子裡奔馳，見到魏軍士兵便是一陣衝殺。

張遼分出步兵去攻占武庫，自己率領少數騎兵去支援李玉林和白宇，一路上雖然遇到些許魏軍士兵，但都被他給衝開了。

不多時，張遼便聽到喊殺聲，看見劉勳、橋蕤正在一個勁地向後退，而燕軍的一員將領作戰勇猛異常，全身被鮮血染透，他看了眼那將領的面容，滿意地道：「請將不如激將，李玉林果然不負我的重望。」

張遼看見劉勳、橋蕤想跑，便策馬狂奔，舉著大刀衝了過去，大聲喝道：

「劉勳、橋蕤哪裡逃！」

劉勳、橋蕤忽然聽到背後一聲喊，都大吃一驚，他們沒想到張遼會那麼快就突破甕城，正準備逃走時，張遼帶著的騎兵已經快速衝了過來。

寒光一閃，人頭落地，劉勳、橋蕤眼見張遼揮砍出道道寒光，騎在馬背上的他異常猙獰，心道大勢已去，急忙丟下武器，大聲喊道：

「我等願意投降！」

張遼沒有答話，繼續向劉勳、橋蕤衝去，舉刀便砍。

劉勳、橋蕤大吃一驚，哪想張遼竟然不准他們投降，急忙拔腿便跑。可是，橋蕤走得慢了一步，大刀直接將他攔腰斬斷。

張遼繼續追逐劉勳，將劉勳堵在一個牆角裡，冷哼道：「你也有今天！」

劉勳一臉迷茫，跪地求饒道：「張將軍，我與你往日無怨，近日無仇，你為什麼非要將我趕盡殺絕呢，我是真心投靠燕軍的……」

張遼的腦海中浮現出五年前討伐董卓的事來，那時諸侯為了爭奪玉璽而混戰，本來並州兵和袁術是統一戰線的，然而由於士兵之間發生了口角，袁術的軍隊動手打人，結果雙方士兵互不相讓，最後演變成一起重大的打架鬥毆事件，致使雙方士兵受傷數百人。

那天晚上，帶頭打架鬥毆的，其中就有劉勳、橋蕤、陳蘭等人，當時張遼的一個族弟被殺，為此張遼還難過了好長一段時間，更發誓要為他的族弟報仇。

今天，他已經殺了陳蘭、橋蕤，面對劉勳的求饒，他根本沒有給其考慮的時間，手起刀落，連眼皮都不眨一下，直接將劉勳砍翻在地，一顆人頭便滾落到馬蹄旁邊。

張遼這樣做雖然有點公報私仇，但是他心知劉勳、橋蕤、陳蘭只不過是被形勢所逼，並非真心投降，所以殺了他們也是為以後解除後患。

他大仇得報，將劉勳、橋蕤的人頭插在刀刃上，高高的舉起，看著仍在混戰的士兵，大聲吼道：「都給我住手！劉勳、橋蕤都已經被我殺了，你們再不投降，更待何時？」

話音一落，被前後夾擊的魏軍士兵紛紛丟下兵器，表示願意投降。

張遼留下白宇看押投降的士兵，將李玉林叫到身邊，道：「你迅速帶人去武庫，我帶人去糧倉，記住，若有投降的人，不可擅殺。」

李玉林點點頭道：「將軍放心吧！」

隨後，大軍一分為二，張遼策馬狂奔，帶著馬步軍朝糧倉奔馳過去。

城中糧倉附近，臧洪帶兵守備的森嚴異常，用糧食當掩體，堵住巷子的路口，只要有人靠近，便予以射殺，燕軍士兵試圖衝過幾次，都以失敗告終。

過了一會兒，張遼帶著馬步軍抵達這裡，見臧洪堵住道路，又聽士兵說無法衝過去，便翻身下馬，走到巷子口，朝巷子的另外一頭道：

「在下張遼，久聞臧將軍大名，如今魏國大勢已去，曹操倉皇逃竄，勢必會被我軍抓到。臧將軍是個義士，又頗有將才，不如放棄抵抗，投降我軍，燕侯那裡，必然會重用臧將軍。」

「忠臣不事二主，一女難事二夫，我臧洪已經違背了當初的誓言，歸順了魏王。一而再，卻不能再而三，我臧洪絕對不能再歸降他人，不然我臧洪就會成為三姓家奴，難以立足於天地之間，也必然會受到世人唾罵。張將軍，你的好意我心領了，我的人頭在此，身後就是糧倉，張將軍若有本事，就率軍衝過來吧！」臧洪回答道。

張遼聽臧洪不願意投降，看到巷子裡躺著一地的燕軍屍體，他想了一會兒，繼續喊道：「我聞臧將軍是個忠義之士，既然如此，那在下也不再強求。只是，如今魏軍大勢已去，就連那魏王曹操也下落不明，恐怕早已經不在這人世間了。臧將軍，我猜你最多不過五百人，可是我卻十倍於你，你早晚會被我所滅。與其這樣耗下去，不如早點讓你的部下歸降，我必會善待他們，要死，你自己死就可以了，何必拉他們與你陪葬？」

臧洪聽到張遼的話，回頭看看這四百多士兵，眼裡都充滿了求生的欲望，便重重地嘆了口氣，道：「張將軍說得極是，我臧洪已經是一個罪人了，豈可在臨死前再拉這麼多人與我一起陪葬？不過，我請張將軍答應我，剛才所說的話，請不要食言。」

「君子一言駟馬難追，我張遼頂天立地，說出去的話覆水難收，絕不食言。」張遼指天發誓道。

臧洪得到了張遼的承諾，便對身邊的士兵說道：「你們都還年輕，還有很長的一段路要走，我臧洪不過是個罪人，不值得你們為我犧牲，張遼是個好將軍，你們能夠投降給他，必然會受到優厚的待遇，你們都趕緊過去投降吧。」

「將軍……」

誰知四百多人一起跪在地上，朝著臧洪叩首，悲戚道：「將軍不走，我們也不走，我們誓死跟隨將軍！」

臧洪道：「胡鬧！你們的路還長著呢，你們還有老婆孩子，你們怎麼可以就這樣輕易的死了呢？你們趕快走吧，如果不想再當兵了，可以不當了，回家種田，過安穩的日子，也是一種別樣的生活。」

「將軍……」眾人都飽含著熱淚。

「快走！」臧洪將劍插在地上，憤怒地道。

四百多人紛紛放下武器，緩緩地從巷子裡走了出來，最後還剩下九十九人沒有走，和臧洪站在一起，無論臧洪怎麼勸解，都不願意離開。

「將軍，請不要趕我們走，我們已經沒有家了，更沒有牽掛了，我們願意誓死追隨將軍左右！」說完，九十九人同時拾起兵刃，架在脖子上，對臧洪道：「將軍，我們先行一步了……」

說完，九十九人集體自盡，場面令張遼和燕軍士兵都很震撼。

隨後，臧洪將劍架在自己的脖子上，仰天長嘯，之後便是一陣爽朗的笑聲。笑聲完畢，臧洪大聲喊道：「張超我主，屬下苟且五年，今日終於可以放下一切來找你了……」

說完便自殺身亡。

張遼看後，重重地嘆了口氣，道：「臧洪真是義士也！來人，將這一百名義士全部厚葬。」

半個時辰後，陽翟城被燕軍完全占領，殺死兩千多士兵，嚴象以及其餘將校全部投降。張遼下令厚葬臧洪，並且親自帶人收拾城中戰場，清掃地面，並且請嚴象安撫城中百姓。

清晨，張遼親自到臧洪墳前祭拜。祭拜完了以後，張遼便讓人發飛鴿傳書給高飛，獻上捷報。

天色微明，曹操率領騎兵正在急速向陽翟城中奔馳，卻見官道上來了一個魏軍斥候。

曹操快馬加鞭，策馬迎住了那斥候，大聲喝問道：「前方情況如何？」

斥候回答道：「陽翟一夜之間被燕軍占領，如今已經去不得了。」

「什麼？」曹操驚呼一聲。

斥候急忙將張遼是如何攻下陽翟城說給曹操聽，曹操聽後，頭皮發麻，沒想到張遼竟會如此聰明。

他隨即問道：「軒轅關呢，雷薄、雷緒可曾還在那裡駐守？」

「雷薄、雷緒一直駐守在軒轅關，尚未有任何動靜。」

「大王，那我們就繞過陽翟城，去軒轅關吧！」跟在曹操身邊的許褚說道。

曹操思量了一下，說道：「不！朝西北方向走，去虎牢關。」

「虎牢關？」

許褚、夏侯惇、曹仁、曹洪、曹休都十分意外，道：「虎牢關乃秦軍駐地，馬超尚未退去，大王去虎牢關豈不是**剛出狼窩，又入虎穴**嗎？何況那馬超又是我軍大敵……」

「本王自有主意，如今天下之大，**能容得下本王的，也只有秦軍了**。」

曹操的目光中露出一絲精光，轉瞬即逝，埋藏在他心中的野心也一點一點的顯露了出來，這是他**早就想好的退路**，只是當時沒有算到自己會兜那麼大的一個圈子。

眾將不解，曹操也懶得解釋，只是信心滿滿地說道：「你們若還相信本王，就跟我一起去虎牢關，本王保證，不出三年，必然可以東山再起！」

許褚、夏侯惇、曹仁、曹洪、曹休等人一起拜道：「我等誓死追隨大王，刀山火海也闖。」

曹操滿意地點點頭，對那名斥候道：「你迅速朝後面趕過去，通知夏侯淵、徐庶，讓他們折道向虎牢關而去，本王在那裡等他們。」

話音一落，曹操便帶著許褚、夏侯惇、曹仁、曹洪、曹休等僅有的五百騎兵向西北方向趕了去，快馬加鞭，生怕錯過了什麼。

夏侯淵、徐庶、荀彧、程昱、劉曄、滿寵、曹真、夏侯恩等人，帶著五千馬步軍，護送著曹操以及眾人的家眷在官道上快速行駛，路上雖然有些顛簸，但也是迫不得已。他們不敢停下，因為不知道燕軍什麼時候就追過來了，除了拼命的趕路，還是趕路。

一路上，這支拖家帶口的隊伍，車輛損壞了許多，還有一些士兵藉故離開部隊，從此便杳無音信。

夏侯淵走在最前面，他號稱「神行將軍」，唯一的長處就是跑得賊快，為了加強行軍的速度，他主動將座下馬匹讓給其他人，自己徒步前進，仍然趕得上馬匹的速度，可又不得不顧及那些家眷，他們畢竟不是軍人，長途跋涉後難免會累，於是，夏侯淵下令暫時停靠在路邊稍微歇息一會兒。

正是這個時候，前方來了一個斥候，見到夏侯淵後，立即翻身下馬，拜道：「參見將軍，大王有令，命將軍帶人折道向西北方向走，去虎牢關，大王說，他在虎牢關等著你們。」

「虎牢關？那裡不是秦軍的駐地嗎？怎麼，大王已經占領虎牢關了嗎？」夏侯淵驚道。

徐庶在一旁說道：「恐怕大王是想委曲求全，暫時投靠秦軍，然後臥薪嚐膽，以伺機東山再起！」

夏侯淵想了一會兒，道：「既然大王說話了，那咱們就去虎牢關，傳令下去……」

「將軍，正南方向有一股兵馬正向這裡趕來，打的是楚軍的大旗！」這時，另外一個斥候從南邊策馬而來，將自己看到的情形稟告給夏侯淵。

「楚軍？劉備的兵馬？他想幹什麼？來了多少人？」夏侯淵吃驚地問道。

「塵土飛揚，遮天蔽日，看不清多少兵馬，只覺得萬馬奔騰，氣勢雄渾，而且……領頭的人是美髯刀王關羽關雲長……」斥候的回答有點含糊不清，可見他已經被楚軍的氣勢給嚇壞了。

徐庶當機立斷，對夏侯淵道：「**楚軍這是趁火打劫來了**，夏侯將軍，快將士兵分成兩撥，輕裝前進，先帶大王家眷離開此地。」

夏侯淵知道事情緊急，忙道：「曹真，保護家眷迅速離開此地，直奔虎牢關，不要停留！」

曹真「諾」了聲，趕忙拋棄許多沒用的東西，帶著家眷迅速離開此地。

夏侯淵扭身對徐庶道：「軍師，請與相國大人以及諸位大人速速離開此地，楚軍由我抵擋！」

「叔父！你們都走吧，這裡就交給我了，美髯刀王不過是浪得虛名，我夏侯恩才不怕他呢！」

夏侯恩抽出青釭劍，森寒的劍光十分逼人，自豪地道：「我有寶劍在手，削鐵如泥，何懼美髯刀王！」

夏侯淵拍了拍夏侯恩的肩膀，說道：「保重！」便與夏侯淵、徐庶、荀彧、程昱、劉曄、滿寵帶著騎兵，尾隨家眷大軍而去。

夏侯恩統帥留下來的大軍，將剩餘的車輛以及亂七八糟的雜物全部堆放在一起，圍成一個長長的圓圈，士兵躲在圓圈後面，手持弓箭，專門等候楚軍到來。

只片刻功夫，關羽戴盔穿甲，手提青龍偃月刀，騎著赤兔馬，一騎當先，快速地衝了過來，身後更是塵土飛揚，遮天蔽日，騎兵的馬蹄聲更如同滾滾巨雷，地面都為之顫抖。

關羽看到夏侯恩自結一個陣地，弓弩手全部躲在後面，而夏侯淵等人也剛剛離去，忽然對面寒光一閃，使得眼前一亮，看見夏侯恩手中握著的青釭劍，登時便在心裡讚道：「果然是把好劍！」

再看一眼劍的主人，便想道：「久聞曹操有兩把祖傳寶劍，一為倚天劍，一為青釭劍，倚天劍曹操自帶，青釭劍卻給了一個叫夏侯恩的人，看來握著青釭劍的人應該就是夏侯恩了。如此寶劍，某若不取來自用，豈不暴殄天物嗎？」

關羽更不答話，拍馬舞刀，直接衝向夏侯恩剛剛結好的陣地，長鬚隨風飄動，臥蠶眉微微皺起，丹鳳眼微微張開，從雙眸中射出了兩道精光，同時暴喝了一聲，青龍偃月刀不斷地揮砍射來的箭矢，雙腿用力夾了下座下赤兔馬，赤兔馬感應到主人的號召，騰空而起，直接越過了夏侯恩的頭頂。

就在夏侯恩和眾多士兵都為關羽這不可思議的一躍而感到吃驚的時候，只見關羽和赤兔馬完美的融合成了一體，遮住了天上的太陽，猶如神祇一般的向下壓了下來。

同時，一股冷冷的寒氣逼向了眾人，只見一道寒光閃過，夏侯恩的人頭便飛向了空中，如注的鮮血也噴灑而出。

「轟！」關羽和赤兔馬一起落地，登時砸倒了四五個士兵，冷豔鋸在士兵中間劃過一道道寒光，許多人根本沒有看清關羽是如何出刀的，便已經身首異處。

只片刻功夫，在關羽和赤兔馬的周圍，便已經躺下了二十多具屍體，其餘士兵看得都驚呆了，也都各個膽寒，不敢靠近關羽。

「如果投降，可免一死，某絕不濫殺！」

關羽雙目如炬，環視了一圈驚怖的士兵，發出了一聲低沉的咆哮，但是身上卻帶著一種睥睨天下的氣勢。

這時，關羽帶來的騎兵奔馳了過來，將魏軍士兵給包圍住了。

最後，魏軍士兵多數都投降了，有少許反抗的士兵都死在了騎兵的手下。

戰鬥很快結束，關羽從夏侯恩的屍體上拿來青釭劍，把玩了一下，便收了起來，對部下說道：「收兵回營！」

「將軍，敵人就在前面，若追過去，必然能夠有極大的收穫，就此回營，豈不可惜？」一個偏將說道。

關羽冷笑一聲，說道：「不用，就交給翼德吧！」

說完，眾人押著俘虜，便回去了。

曹真帶著士兵，護送著曹操以及眾位大人的家眷急速地向虎牢關趕去，行至半道，忽然見一個黑面的煞神擋住了去路。

曹真急忙勒住馬匹，他認識這個人，正是豹頭環眼的張飛，可是除了張飛一人外，卻看不見其他人。

「來人可認識你張爺爺嗎？」

張飛披著重甲，頭戴鐵盔，手提丈八蛇矛，胯下是一匹烏溜溜的駿馬，張嘴衝著曹真喊道。

曹真不說話，四處打量著周圍，見道路兩邊隱隱有人影晃動，便知道張飛是早有埋伏。

他皺起眉頭，急忙對身邊的一員偏將說道：「火速帶著人從一邊迂迴，我留下來對付張飛。」

「呔！黃口小兒，為何不回答俺的話？」

張飛見曹真不回答，惱羞成怒，將丈八蛇矛向前一橫，同時大聲喊道：

「殺！」

這聲暴喝如同晴天霹靂，響徹天地，震得曹真以及部下的座下戰馬都變得焦躁起來。

曹真好不容易安撫住了馬匹，卻見張飛策馬飛奔而來，而且道路兩邊的樹林裡也開始出現了滾滾煙塵，他心中大驚，急呼道：「快走快走！」

張飛見曹真朝一邊跑走了，怒吼一聲，揮舞著丈八蛇矛便衝了出去，與此同時，從道路的兩邊各衝出了一百名騎兵，道路兩邊的樹林裡卻依然煙塵滾滾，旌旗飄動，讓人看不清裡面到底藏了多少人。

曹真先護著曹操的家眷離開了這裡，將身後的一千名士兵全部拋到腦後，生死攸關的時候，人的自私性立刻便暴露無疑。

一千名士兵護衛著諸位大臣的家眷，見張飛帶著騎兵衝了過來，已經疲憊不堪的他們早已沒有了戰心，加上張飛勇猛無匹，剛才一聲巨吼已經嚇破了許多魏軍士兵的膽，膽戰心驚的魏軍士兵只好慌不擇路，紛紛四散開來，管他車上坐著的是誰的家眷，只有逃命最重要。

張飛見狀，乘勢掩殺，最先奔馳到前面，挺起丈八蛇矛便刺進了一輛馬車的軲轆裡，猛然用力將那輛馬車掀翻，馬車側翻倒地，擋住了其他馬車的去路，幾名婦女從馬車裡爬了出來，大叫著四處逃竄。

這個時候，魏軍士兵剩下的還不到百人，為了活命，大部分士兵都逃竄了，而楚軍的兩百名騎兵分成兩隊，一左一右，剛好卡住這些車隊，將所有的人都聚集在一起，誰也不讓跑。跑不掉的魏軍士兵見狀，紛紛表示願意投降，反過來看押著這批手無寸鐵的人。

老人、婦女、兒童、嬰兒全都彙集在一起，哭聲一片。

這個時候，張飛吹了一個響哨，十幾名騎士便從埋伏的樹林裡走了出來，他們座下所騎著的戰馬馬尾上都拴著樹枝，走起路來後面揚起一陣煙塵。這會兒眾人才明白，張飛帶領的士兵只有這兩百多人，登時後悔不已，如果當時奮起作戰，說不定還能將張飛打敗。

「別吵！都給俺聽著！俺叫張飛，今日……都別吵了，沒聽見嗎？」張飛瞪著眼睛，一嗓子喊了出去，只聽吼聲如雷，就連鬚髮也盡皆豎起。

吼聲一落，嘈雜的聲音登時戛然而止，就連嬰兒的啼哭聲也頓時消失，所有人都看著高飛，一臉的恐懼。

「嗯，這才像話嘛。」張飛見自己的怒吼收效不錯，滿意地點點頭，「都給我聽著，俺叫張飛，是楚國的……」

話還沒有說完，張飛的耳朵便聽見破空的聲音，「嗖」的一聲，一支羽箭朝他射了過來。

他當即將丈八蛇矛一揮，撥落了那支羽箭，環眼一瞪，眼睛掃視四方，怒吼道：「哪個鼠輩放的冷箭？給俺出來！」

「嗖！嗖！嗖！」

緊接著，三支箭矢一起飛出，分別射向張飛的額頭、喉頭和心窩，處處都是要害，而且箭矢的力道凌厲異常。

張飛「呼」地一聲揮動丈八蛇矛，直接將三支箭矢撥落，順著箭矢射來的方向看了過去，但見夏侯淵握著一張大弓出現在樹林邊，正對著他一個勁的笑。

「環眼賊！有本事就來殺我，再吃我一箭！」

夏侯淵再次拉開弓箭，手中扣著三支箭矢，一聲弦響，三支箭矢便朝著張飛射了過去。

一開弓便射出三支箭矢，射出去的三支箭矢分別射向不同的方向，而且在空中均以匀速前進，三支羽箭上中下互相平行，可見夏侯淵的弓術已經達到一個很高的境界，天底下能夠達到這種境界的人，簡直是寥寥無幾。

起初的四支箭矢是故意讓張飛發現的，這一次的三支箭矢卻蘊含了夏侯淵的心血，三支箭矢一起飛出，破空的力道也十分響亮，而且三支箭矢所射的要害也拉開許多，分別在頭、胸、腿三處，就算格擋起來也十分的困難。

張飛冷笑一聲，大叫道：「雕蟲小技！」話音一落，丈八蛇矛迅速出手。

「叮！叮！叮！」

三聲脆響後，張飛的丈八蛇矛便將那三支箭矢盡皆撥落，同時馬不停蹄地向著夏侯淵所在的方向衝了過去。

夏侯淵皺起眉頭，見張飛竟然擋下他的箭矢，而且毫髮無損，不禁在心裡暗暗地佩服起來。同時急忙調轉馬頭，大喝一聲，便朝樹林裡奔馳而去。

「夏侯小兒莫走！吃你張爺爺一矛！」張飛一邊大叫著，一邊狂追不捨，很快便鑽進樹林，聲音也漸漸地遠去。

就在這時，徐庶帶著一撥魏軍突然從另外一側的樹林裡殺了出來，直奔看押魏軍家眷的楚軍士兵。

原來，夏侯淵、徐庶、荀彧、程昱、劉曄、滿寵等人在撤退的途中，遇到了從前面逃回來的士兵，問清楚原因後，當下徐庶訂下調虎離山之計，讓夏侯淵去引開張飛，他則帶著士兵攻擊楚軍士兵。

加上沿途收留了不少士兵，這些士兵見到夏侯淵後，又重新找到了主心骨，便再次相隨，很快便聚集了五六百人。

楚軍騎兵見魏軍人多勢眾，而且又被投降的魏軍士兵殺了個措手不及，急忙退卻。

趕跑楚軍騎兵後，徐庶便帶著眾人一起趕路，很快便消失在官道上。

張飛狂追夏侯淵，追了沒有多久，來到一個空地上，座下戰馬突然踩空，地上出現了一個大坑。

他大吃一驚，急忙縱身跳躍，在空中翻了個跟頭，這才安然落地，可惜他的座馬跌入大坑，被坑裡一根尖尖的木椿給刺死了。

這時，夏侯淵停了下來，回身射箭，三支箭矢再次朝張飛的三處要害射去，放完箭後便策馬而走，一溜煙的功夫便消失得無影無蹤。

張飛巧妙地避過夏侯淵的三支冷箭，等他再去尋找夏侯淵時，夏侯淵早已消失得無影無蹤了，他憤恨地道：「可惡的夏侯淵，居然敢暗算俺，你給俺等著，俺遲早有一天要拿下你的人頭！」

這時，張飛帶來的騎兵找到了他，並且向張飛說起了剛才的事情，張飛一陣懊惱，知道自己無功，看見夏侯淵的頭盔掉落在地上，便將那頭盔撿了起來，總算回去也有個交代。

「駕！」張飛要來一匹戰馬，騎上後，大喝一聲，眾人一起絕塵而去。

當楚軍和魏軍都在這片土地上消失以後，從地平線上奔馳來一支騎兵隊伍，為首一人正是高飛。

高飛一馬當先，胯下烏雲踏雪馬烏黑光亮，耐力十足，奔跑了一夜，尚且沒有出現疲態。反觀其他人的戰馬，早已經累得不行了，迫不得已，只好暫時停下歇息。

大軍停靠在路邊，高飛策馬向前，發現翻掉的馬車以及許多馬蹄印，還有許多屍體，有楚軍的，有魏軍的，馬車留下的車痕印更是清晰可見。

趙雲擔心高飛的安全，趕忙帶來十幾名騎兵護衛，將高飛圍了起來，眼神犀利地望著四周。

「人早就走了，你們緊張過度了。」高飛看趙雲等人那種緊張勁，不禁笑道。

趙雲道：「主公，地上有楚軍將士的屍體，看來定是那劉備趁火打劫來了。這條路通向虎牢關，魏軍走這條路，難道他們想去攻打虎牢關？」

高飛思量了一下，眉頭緊鎖起來。

他抬起頭望著天空中流動的雲彩，腦中突然閃過一個不好的念頭，叫道：「不好，曹操是要去投靠秦軍了。」

「投靠秦軍？」

趙雲一時沒有想通，不解道：「主公，曹操和馬超是敵對關係，而且前段時間曹操還一把火燒掉了馬超的精銳部下幽靈騎兵，曹操去投靠馬超，那不是送死嗎？」

這時，空中一隻信鴿拍打著翅膀盤旋而下，落在一個信使的肩膀上，信使取下信鴿腿上綁著的字條後，急忙將字條遞給高飛，道：「主公，張將軍密信！」

高飛接過字條，流覽後道：「張遼沒有辜負我對他的期望，已經占領了陽翟城，而且緊守軒轅關的雷薄、雷緒見大勢已去，也獻關投降了，只是……」

「只是什麼？」趙雲急忙問道。

高飛將字條交給趙雲，道：「你自己看！」

趙雲接過字條，但見張遼在上面寫到楚軍趁火打劫，短短兩天功夫，便借機攻占了潁川四個縣，而且還有攻打陽翟的蠢動。

「主公，潁川和南陽相鄰，我軍先戰秦軍，後戰魏軍，如今傷亡過大，士兵疲憊，如果這個時候楚軍前來爭奪中原的話，我軍將處於被動局面，必須要想個辦法才行。」趙雲憂心道。

高飛尋思片刻，扭頭對身邊一個騎兵說道：「將軍師將軍叫來，有要事相商！」

不一會兒，燕國軍師將軍、三軍總軍師賈詡便從後面趕了過來，看到眼前的一幕，便清楚高飛為什麼要叫自己過來了。

賈詡拱手道：「主公，曹操仍然在逃，如今楚軍又虎視眈眈，我軍耗損那麼大才奪下的中原，絕對不能就這樣被人瓜分了，必須想個辦法，讓楚軍不戰自退。」

高飛點點頭道：「我叫你來，正是為了此事。不知道軍師可有什麼好計策，可以不戰而屈人之兵？」

賈詡想了一會兒，回道：「主公，吳國使臣闞澤就在陳留，而吳王的大公子孫策又離奇失蹤，不如就拿此事做文章，就說劉備在孫策的歸途中將孫策給擒獲，並且已經殺害了。孫堅聽後，必然會震驚，肯定會為孫策報仇，起全國之兵攻打楚國。一旦楚軍得知吳軍攻打楚國，必然會從中原撤軍。」

「主公，軍師此計甚妙，屬下附議。」趙雲聽後，連連點頭。

高飛思慮了一會兒，說道：「此計雖好，然而孫策、周泰、魯肅一行人確實杳無音信，萬一我們給的消息傳到東吳，恰好孫策又突然出現，孫文台必然會認為我在欺詐他。臧霸剛剛占領徐州，而徐州和揚州比鄰，我擔心孫文台會有異動。」

賈詡道：「主公所擔心的也不無道理，不過，屬下定然將此事做得天衣無縫。屬下還記得孫策來的時候那身穿戴，可以讓裁縫趕製出一模一樣的服裝來，再從降兵裡面找一個和孫策年紀、身材都差不多的，然後毀其容，將其肢解，再交給闞澤即可，諒那闞澤也無法認出是誰來。

「只要闞澤信以為真，就算日後孫策突然出現，我們也可以借此推脫責任。除此之外，卞喜正在加緊搜索孫策的下落，一旦找到，便立刻調兵遣將，予以格殺，就能解除孫策的威脅。」

高飛聽完，臉上露出一絲奸猾的笑容，說道：「果然是一條毒計，就按照軍師說的去辦，這件事一定要做到天衣無縫。另外，加派人手，儘快找尋到孫策的下落，活要見人，死要見屍，我就不信他能人間蒸發！」

「諾！」

「子龍，你帶領一千騎兵跟我走，沿著這條路到虎牢關，此去虎牢關還有一定的路程，只要我們奮起直追，必然能夠追上曹操。軍師，你帶領其他人全部去陽翟，由你坐鎮陽翟，劉備必然會有所忌憚。另外，傳令給陳到，讓他從中牟予以攔擊曹操，儘量不要讓曹操抵達虎牢關，若見到曹操，殺無赦！再給黃忠傳令，讓他將孫策死訊先行通報給吳國。」

「諾！」

話音一落，趙雲召集了一千名騎兵，跟著高飛便想虎牢關方向奔馳而去，而賈詡一面給黃忠發飛鴿傳書，一面帶著魏延、褚燕等人離開此地，一面陳到、黃忠派發飛鴿傳書。

燕國，鄴城。

平整的道路，規劃有致的店鋪，以及絡繹不絕的行人，街道上十分的喧囂，叫賣聲絡繹不絕，形形色色的人更是川流不息。

「公子，已經差不多半個月了，我們渡過黃河後，一路走來，沿途看到的都是一派祥和的氣氛，這裡的百姓好像人人都很開心，而且所遇到的人，沒有一個人不說燕國好的，你說他到底有什麼魔力，竟然讓這麼多百姓都對他歌功頌德呢？」

一個穿著普通百姓衣服，頭戴斗笠的青年走在大街上，看著城裡的百姓，不解地問道。

在那青年的前頭，走著一位少年，雖然同樣穿著普通百姓的衣服，但是身上那股英氣卻無法掩蓋。

少年走在街市上，看到前面不遠處有一家酒樓，便指著那家酒樓說道：「幼平、子敬，你們也累了吧，走了這麼久的路，也算是跋山涉水了，好不容易來到這燕國，如果不嘗嘗這河北的酒，豈不是白來一遭？」

「公子，這怕是不好吧，咱們從黎陽一路上走過來，都是偽裝著，酒樓人多嘴雜，萬一遇到什麼意外，暴露了身分，那真是得不償失啊。」

先前說話的青年就是少年口中所喚的子敬，子敬是他的字，他的名字叫做魯肅。

魯肅身邊還有一個身材魁梧的大漢，那大漢就是周泰周幼平，而他們兩個人前面的少年就是孫策。

半個多月前，孫策、魯肅、周泰趁著被關押著的典韋鬧事，文醜去看護典韋之際，從燕軍那裡不辭而別。

三個人本來是打算要回吳國的，可是走到半途，孫策突然改了主意，說要去燕國看看，說是要打聽一下燕國的民情，想知道為什麼燕國的百姓那麼擁戴高飛。

當時魯肅、周泰都極力反對，但是拗不過孫策的一再堅持，最終同意了下來。

後來，魯肅便想出了一個計策，暫時混進了燕軍的軍隊裡，然後等在黃河邊，恰好燕國娘子軍被大船運到了南岸，他們便混上了船，乘船返回了河北，之後一路向北，一路上喬裝打扮，這才到了鄴城。

一聽說喝酒，周泰眼睛裡就冒光，想想這一路上風餐露宿的，沒有吃過一頓好飯，也沒有喝過一口好酒，此時既然孫策主動提出來了，那他當然同意，跟著孫策便向前走，興奮地喊道：「好啊好啊，咱們去喝酒。」

魯肅皺起了眉頭，攔住了孫策和周泰，說道：「不行，喝酒容易誤事，最好不要喝酒，我們現在是在燕國，不是在……總之，不行就是不行！」

「公子，子敬先生不讓，那咋辦？」周泰嘆了一口氣，扭頭看了孫策一眼，問道。

孫策笑道：「子敬不喝，咱們去喝，反正錢在你身上。」

「說得也是。」周泰笑了，白了魯肅一眼，便跟著孫策走了。

魯肅一臉的窘迫，摸了一下自己乾癟的肚子，說道：「罷罷罷！只此一次，下不為例。」

三人一起來到一家酒樓，一進門，周泰便扯著嗓子大聲喊道：「老闆，有什麼好酒、好菜，儘管上。」

此時並非飯點，所以店裡面沒多少人，除了店老闆和店小二外，就只有孫策、周泰、魯肅三個人了。

店老闆一聽周泰說的是外地口音，便笑嘻嘻地湊了上來，說道：「聽三位口音，好像不是冀州人吧？我們冀州人最好客，三位要點什麼，儘管吩咐，小店照辦就是了。」

「嗯，我們是外地來的，要到薊城去，路過此地，剛好肚中饑餓。店家，你小店裡有什麼好的酒菜，儘管上，我們不會少給你們錢。」魯肅坐下之後，回答道。

店老闆道：「好的好的，請三位稍等。夥計，給三位客官上酒。」

店小二端來了一壺酒，說道：「三位客官請慢用。」

「慢著！」周泰看了一眼酒壺，便十分的不滿意，一把抓住了店小二的手臂，說道：「能不能換整罈的酒？這麼一點，不夠喝啊！」

店小二笑著說道：「好的，就來就來。客官要多少？」

「先來三大罈！」周泰豪爽地說道。

店小二一喜，心想生意上門了，立刻抱上來三大罈酒，放下要走的時候，卻被孫策一把拉住。

「客官還有何吩咐？」店小二問道。

孫策嘿嘿笑道：「小二哥，我想問你點事情。」

「客官請問。」

孫策問道：「我們是從魏國逃難過來的，中原在打仗，我們怕受到波及，聽說燕國安定，便過來了。我聽說燕王減免了燕國境內除了幽州以外的三年賦稅，而且只要是遷徙到燕國的其他州郡的百姓，都能分到田地，還給蓋房子，安置住下，並且享受同等的賦稅減免，這事是真的嗎？」

「當然是真的了，只要是我們燕國的老百姓，差不多兩年沒有交過賦稅了。當然，幽州的除外，因為幽州之前減免過了，所以不再減免了。」

孫策好奇地道：「不徵收賦稅，那怎麼養活那麼多的軍隊？沒有賦稅，府庫就會空虛，那官府豈不是要喝西北風嗎？」

「客官果然是外人，不過在燕國，官府才不靠賦稅呢。」

「不靠賦稅，那靠什麼？」

「靠採礦。」

「採礦？採什麼礦？」孫策越聽越離奇。

「採的金礦、銀礦、銅礦、煤礦、鐵礦還有其他各種礦產，這些礦產都是由官府控制，每年開採出來的金銀夠足夠維持咱燕國幾十萬大軍的，除此之外，只要百姓有需要的，還可以出售給百姓，也就是說，官府也經商，也做買賣，所以，官府的錢大部分來自買賣的錢。」

孫策聽完，鬆開店小二，加上沿途打聽來的各種訊息，他的思想一點一點的被開拓，眉頭也越皺越緊，他在想，如果這些放在吳國，吳國是否可以像燕國一樣呢。

魯肅看到孫策一臉沉思的模樣，低聲道：「公子，這裡不收賦稅，還幫助老百姓開墾荒地、興修水利和道路，還給外來人口安家落戶，難怪老百姓都那麼擁戴。公子，我看薊城咱們就別去了，差不多也該回去了，免得大王擔心……」

「掌櫃的，有你的信，飛鴿傳書到了。」店小二抱著一隻信鴿從外面跑了進來，大聲喊道。

孫策好奇地看了一眼，想起燕軍士兵經常放這種鴿子，又對店小二喊道：

「你這飛鴿傳書哪裡有賣？」

「賣？這可是不賣的，這是軍隊專用的，要不是我們掌櫃的族弟是個軍司馬，也弄不來這種東西。這是我們燕軍傳遞訊息的工具，比起用斥候傳遞要快速多了，而且耗費的人力也減少許多。我們掌櫃的就是看著這個方便，所以才托關係從軍隊裡弄來兩隻，一隻放在我們家裡，一隻放在這裡，有什麼事都可以讓牠送過來。」店小二自豪地解釋道。

「真是太神奇了！」孫策讚嘆道：「那要怎麼才能買得到，我出十倍的價錢！」

「這不是我的，我可做不了主，得問我們掌櫃的。他要是不願意賣……」

這時，店老闆剛好從後面吩咐完大廚要做的菜，走了出來，便聽到孫策要出十倍的價錢買他的信鴿，歡喜地說道：「願意願意，我願意賣，十倍的價錢還不賣掉，那我就是個傻子！」

孫策急忙問道：「老闆，這所謂的飛鴿傳書，該怎麼用？」

於是店老闆好心的給孫策、周泰、魯肅講解了飛鴿傳書的妙用。

「那要如何讓這信鴿認路呢？」孫策好奇地問道。

「這我也不知道，聽說是馴養的，至於怎麼馴養，我也不知道，我只知道怎麼用。一般這信鴿都有專人馴養，如果你想知道的話，也不是不可以，但是需要花一點點小錢……」

「錢好說，只要能教會我怎麼用這信鴿，我不會虧待你的。」

第十章

強強聯合

高飛帶著趙雲以及一千騎兵來到虎牢關外，眼睜睜地看見夏侯淵等人進入了虎牢關，眉頭也不禁皺起。

「曹操和馬超竟然強強聯合了？」看到曹操和馬超同時出現在虎牢關的城牆上，高飛意識到了什麼，感到很是詫異。

店老闆見錢眼開，周泰付過許多五銖錢後，將信鴿買了下來，店老闆拿了錢，便出去了一會兒，當他回來後，便將信鴿如何飼養都說給了孫策聽。

除此之外，孫策還向店老闆打聽了不少事情，每打聽一件事，就給店老闆一點錢，店老闆根本沒有多想，便將自己所知道的事情全部說了出來，就算不知道的，也托人去城裡的軍隊裡詢問。

後來他覺得跑得太麻煩，乾脆將自己在當軍司馬的族弟給一起叫來，讓他的族弟一一解釋給孫策聽。

當問完後，孫策等人都感到極為不可思議，隨後孫策將問題轉移到軍事上，道：「那麼，連弩又是怎麼製造的？」

那個軍司馬一開始看在錢的份上還很樂意回答，但是當孫策問及軍事這個敏感問題的時候，軍司馬不禁重新打量了一下孫策、周泰和魯肅，見他們三個雖然穿著普通百姓的衣服，但是卻掩蓋不住身上的貴氣，不免多了一份心思。

軍司馬將手按在刀柄上，掃視對面的三人，冷聲問道：「你們一連串問了那麼多問題，到底是什麼人？」

魯肅那名軍司馬起了疑心，而且手按在刀柄上，急忙說道：「軍爺，我們只不過是過路的，我們從魏國一路逃過來，聽說薊城客商雲集，乃燕國之最。我們公子以前也是經商的，之所以化裝成這樣，是擔心遇到流寇、盜匪什麼的，打聽這些，純屬好奇而已。」

軍司馬聽後，這才放鬆戒心，一把抓走散落在桌上的錢，警告道：「既然是外國來的客商，對我們燕國的一些措施不知情也是情有可原。如果你們想以經商的方式留在燕國，就請在薊城的商會註冊，只有正式註冊過的，才允許經商。還有，關於軍事上的問題，最好不要問，否則會被當作奸細給抓起來。」

說完，軍司馬不悅地對店老闆說道：「以後再有什麼事，不要來找我，飛鴿傳書即可。」

送走軍司馬後，店老闆走到孫策、魯肅、周泰三人面前，面色嚴肅地道：

「你們難道不知道嗎，在燕國境內問及軍事上的事，嚴重的是要殺頭的。平常老百姓只管自己能否生活的富庶，誰會關心軍械是如何製造的？我一看你們就不像普通人，出手闊綽，儀表堂堂，卻穿著普通百姓的衣服，這樣最容易引起人們的懷疑。如果你們還要去薊城的話，我建議你們換上你們該穿的衣服，因為薊城是王城，你們如果還這樣子去，肯定要被抓的。你們慢用，我話有點多了。」

聽了店老闆的話，魯肅看了眼孫策和周泰，然後再看看自己，覺得他們的穿著確實有問題，周泰五大三粗的，身板硬朗魁梧，因為早年做過江賊，眉宇間難免會露出一絲草莽的氣息。而自己和孫策都是細皮嫩肉的，普通百姓哪有皮膚這麼白皙的，偏偏孫策又英俊瀟灑，那身衣服完全掩蓋不住他身上的公子氣息。

「公子，正如店老闆說的，我們一會兒找個衣店換身衣服吧，去薊城的時候也方便點。」魯肅說道。

「公子，真的要去薊城啊，薊城可是王城，戒備肯定森嚴，我看，咱們還是回去好了……」周泰猶疑道。

「不！不弄清燕國的秘密，我絕不回去。趕快吃，吃完之後，咱們換身衣服，再買幾匹馬，直奔薊城，如果光靠走，那得走到什麼時候！」孫策鐵了心道。

魯肅道：「不過，鄴城建設的真是不錯，我記得袁紹敗亡的時候，鄴城成了一座空城，沒想到時隔兩年，會恢復的如此繁華。看來，燕國確實有許多可取之處。」

「嗯，不然，們也不會冒著這麼大的風險來這裡了……」

「公子，燕兵。」

魯肅正好坐在面對門口的位置，忽然看見有四五個全副武裝的燕軍士兵走了進來，不等孫策把話說完，急忙提醒道。

周泰霎時變得緊張起來，將雙拳緊緊握住，一旦發生什麼，他好保護孫策。

孫策鎮定自若，只顧著喝酒、吃肉，完全沒有一點緊張的表現。

幾個燕兵徑直走到三人這裡，將孫策、魯肅、周泰給圍住，領頭的燕兵對孫策道：「請跟我們走一趟，我們家大人有請。」

孫策道：「軍爺，不知道你們家大人是哪位？」

「少廢話，去了便知道了，你到底是去還是不去？」

「如果我不去呢？」孫策放下手中的酒杯，看了周泰一眼，示意周泰隨時動手。

領頭的燕兵一把抓向孫策，喝道：「那就別怪我不客氣了，全部帶走！」

「砰！」周泰一拳重重地打在那名燕兵的身上，不等領頭的燕兵把手伸到孫策的肩膀上，身體就飛了出去，砸爛了一張桌子。

其餘幾名士兵見狀，紛紛要抽出腰中佩戴的武器，可是他們剛抽刀一半，周泰便踹出四腳，將幾名士兵給踢飛，將店裡弄得一片狼藉。

「公子，看來是剛才那個軍司馬起疑心了，這裡不能久留，我們必須……」

魯肅忙對孫策說道。

「在這裡！快，將這裡包圍起來！」

不等魯肅把話說完，剛才離開的那個軍司馬便騎著一匹快馬，帶著十幾名騎兵奔馳而來，停在酒樓門口，指著裡面的三人大聲喊道。

這時，軍司馬身後跟過來一批手持長槍的士兵，如林的長槍一致對準了酒樓裡的孫策、周泰、魯肅三人，街面上也迅速被清空，百姓和商販紛紛躲在兩邊，就連酒樓的老闆和店小二也不知道什麼時候消失了。

孫策見狀，冷笑一聲，對周泰說道：「幼平，好久沒有活動筋骨了，這些人就交給你了。對了，別忘了從他們腰上把連弩拿來，那個軍司馬交給我，順便弄幾匹馬，也省得我們再花錢啦。」

「諾！」

酒樓外，軍司馬抽出腰中的鋼刀，向前一揮，大聲喊道：「將這三個奸細給我抓起來！」

呼啦一聲，一群手持長槍的士兵便湧了進來，只見周泰身體一晃便竄了出去，赤手空拳地迎上這群士兵。

當十幾桿長槍向他刺來的時候，周泰長臂一捲，將長槍給捲在自己的腋下，同時手臂纏在上面，雙臂猛然用力，反而將持槍的士兵給掀翻在地。

緊接著，只聽見「喀喇」十數聲巨響，木製的槍桿便盡數斷裂，然後周泰將腋下夾著的槍頭猛然甩了出去，那些槍頭有如射出的箭矢一樣，胡亂地飛進人群，瞬間便刺死五名士兵。

騎在馬背上的軍司馬見周泰武力如此，不禁愕然，舉著手中的鋼刀，喊道：「射死他們！」

就在這時，只見孫策人影一閃，一個箭步從酒樓裡縱身跳起，騰空飛出一腳，直接踹下那軍司馬身邊的一個騎兵，身體落在馬背上。

軍司馬急忙揮刀向孫策砍了過去，可是刀還沒有砍到，孫策便伸出長臂，一把將他給攬了過來，同時奪下他手中的鋼刀，架在他的脖子上。

「都不許動！誰要是妄動一下，我就立刻宰了他！」孫策一雙冷目橫掃在場的燕兵，冷冷地道。

這時，周泰也從店裡跑了出來，趁大家的目光都被孫策吸引時，奪下一名士兵的兵刃，砍死兩個騎兵，搶下兩匹馬，衝魯肅喊道：「子敬，上馬！」

魯肅緊接著衝了出來，上了馬背。

孫策見周泰、魯肅都安全無虞，其餘的士兵見他挾持了軍司馬也不敢動彈，便朗聲說道：「誰也不許跟來，誰要是敢跟過來，我就先宰了他。」

軍司馬見孫策要跑，急得大聲喊道：「快攔住他們，不要管我，不要讓奸細跑了！快點……」

「找死！」

孫策將架在軍司馬脖子上的鋼刀輕輕一抹，一道鮮紅便從軍司馬的脖子上噴湧而出，他將那名軍司馬扔在地上，大喝一聲，策馬便跑。

「都閃開！」周泰揮舞著手中的刀，砍翻了兩個士兵後，殺出一條血路，同時還不忘在走的時候搶走士兵腰上懸掛著的連弩。

他在前面開路，孫策殿後，魯肅走在中間，一溜煙的功夫便從街道上消失了。

城門那裡毫無徵兆，對於城內發生的騷動還不知情，所以並未關上城門，三人這才得以逃出鄴城。

急速奔馳了十幾里後，三人這才停了下來，轉到一個樹林裡歇息。

「少主，沒想到燕國的士兵竟然如此敏感，我們只是問了一個連弩的問題，就立刻被當作奸細給抓了起來。」

魯肅喘了口氣，想起剛才那一幕還心有餘悸，若不是燕軍在中原打仗，軍隊大多數都在中原，像鄴城這樣的大城，怎麼可能會那麼容易逃脫。

孫策點點頭，對周泰道：「連弩，拿到了嗎？」

「拿到了，少主請看！」

孫策接過連弩後，擺弄了幾下，見可以連續射擊，對這連弩非常的感興趣。

這時，一個燕軍的追兵從樹林邊的道路策馬飛馳而過，捲起了一地的煙塵。

「少主，看來燕軍不會那麼輕易放我們走，我們要想離開燕國，還得想想辦法才行。」周泰說道。

只見魯肅的臉上露出一抹笑容，他看到幾輛馬車從官道上緩緩駛來，當下便有了主意，對孫策說道：「少主，要想躲開追兵，我有辦法。」

「什麼辦法？」孫策、周泰齊聲問道。

「你們看！」魯肅指著官道上的馬車道。

孫策、周泰看了過去，見官道有幾輛馬車，而且馬車都有一個共同的特點，在車上都插著一面小旗，旗上寫著「移民喬」三個大大的字，正緩緩地向鄴城方向駛去，而且沒有什麼人防護。

孫策當下會意，笑著對周泰喊道：「幼平，準備劫車！」

五六輛車頭上插著「移民喬」的馬車，緩緩地在平整的官道上行駛，車夫趕著車，洋洋得意的。

他非常喜歡這種道路，自打過了黃河，來到燕國境內後，一踏上這樣用水泥鋪就的道路就不再顛簸了，長長地延伸出去，一直通向薊城。

「啪！」車夫今天心情很好，猛地揚起手中的鞭子，在空中抽打了一下，拉車的騾馬聽到這熟悉的聲音，驚得向前奔跑了好一大截路，這才發現牠並沒有挨鞭子。

「老爺，再十幾里路，就該到薊城了。」車夫衝著坐在車裡的人道。

捲簾掀開，一個道人從車裡露出了頭，正是左慈。

他向外看了一眼，對坐在車裡的人說道：「喬公，自打我們到了燕國，一路上遊山玩水，從薊城到河內，今日又到了薊城，這河北的美色也算是欣賞完了。燕王待你不薄，特賜你車隊番號，所過郡縣都要招待，你若是不將你家的那兩個寶貝女兒獻給燕王，那就說不過去了。」

喬偉點點頭，滿是讚賞地說道：「道長說得不錯，不過二喬還小，就算要獻給燕王，也要再等幾年吧。」

左慈道：「這個我清楚，如今公輸夫人剛剛難產而死，燕王肯定沒有心情娶妻，加上中原正在激戰，燕王忙於兵事，這時候肯定不能讓其分心。不過，你我都是江南人士，初到生地，肯定要找個最重要的靠山。我曾經為燕王算過卦，卦象上顯示，燕王早晚要登上九五之尊，現在漢帝駕崩，馬騰廢漢而改稱秦，自立為帝，天下如此動盪，只要站對了位置，以後就能榮華富貴。喬公無兒，只能依靠膝下二女，二喬姿貌非常，長大後必然是傾國傾城之色，獻給燕王，喬公可就是國丈了，後半輩子自然衣食無憂。」

喬偉頻頻點頭道：「道長所言極是。」

「哈哈哈哈……」左慈將手中拂塵一擺，大笑了起來。

突然，前面的官道上出現了三個蒙面的大漢，車夫急忙勒住馬匹，騾馬也發出一聲長嘶。

「此樹是我栽，此路是我開，要想打這過，留下買路財！」

三個蒙面人中，身材最魁梧的那個向前邁了一步，手中提著一柄明晃晃的利刃，恐嚇道。

車夫見狀，顫巍巍地道：「老爺……有……有盜賊……」

喬偉不慌不驚，看著前面三個大漢，眼前一亮，笑呵呵地下了車，整理了一下衣衫，朝前走了兩步，拱手道：「在下廬江皖縣喬偉，見過孫將軍、周將軍、魯大人。」

這話一出，三個蒙面人面面相覷，解下面紗，露出了本來面目，竟然是孫策、周泰、魯肅三人。

周泰皺起眉頭，指著喬偉道：「你認識我們？」

喬偉道：「呵呵，當年孫將軍攻克皖縣時，我親眼目睹過三位的風采。」

孫策正在納悶時，便見魯肅湊了過來，貼近耳邊輕聲說道：「少主，這位就是在廬江一帶頗有聲名的喬公，東吳才俊，沒有不認識的……」

「哦，原來他就是喬公，可惜當日我攻克皖縣之後便和公瑾走了，匆匆一別，也沒來得及去拜訪……」

突然，孫策狐疑地道：「他怎麼會出現在這裡？還大搖大擺的？」

魯肅道：「看樣子是準備在燕國定居了……」

孫策抱拳道：「既然認識，那我也不再隱瞞了，我正被燕兵追擊，想借喬公的馬車躲上一躲，不知道喬公可否願意？」

喬偉臉上露出了為難之色，扭頭看了眼左慈。

左慈跳下車來，將拂塵一揚，打量了一下孫策，見孫策相貌堂堂、儀表不俗，伸出手指掐算了一下，而後呵呵笑道：「大公子不遠千里，從吳國來到燕國，想必不是遊山玩水那麼簡單吧？」

「你是……」孫策看了一眼左慈，並不認識，便問道。

「貧道左慈，字元放，修道於天柱山，今隨喬公到此，能遇到吳王的大公子，也算是一種緣分，不如讓老道為大公子算上一卦，便可知其吉凶禍福，也許還能夠幫助大公子離開吳國。」

孫策見左慈、喬偉都沒有敵意，便說道：「我的吉凶，豈是一卦可算定的？我沒工夫給你們廢話，一會兒追兵要是找不到我們，就會返回，我要借你們的馬車躲一躲。他日若回到了吳國，本公子定然會重謝兩位。」

左慈笑道：「不急，燕軍騎兵距離此處十多里，即使奔回來，也需要點時間，老道只為公子算上一卦，占用不了多少時間。如果公子不讓算卦，那老道可就幫不了公子了。」

孫策不想再惹麻煩，而且對方還是個毛老道，外加一個在東吳名聲響亮的喬公，於是讓步道：「那就快算。」

左慈隨即掏出幾枚五銖錢，拋向空中，當五銖錢落地後，他看了一眼卦象，眉頭突然緊皺，然後用不敢相信的目光再看了眼孫策，眼神裡充滿了疑惑，不解地道：「為什麼會是這樣？」

喬偉見左慈變色，便湊到身邊問道：「道長，卦象上怎麼說？」

左慈伏在喬偉的耳邊說道：「卦象十分的奇怪，顯示的是死而復生……」

喬偉驚詫道：「道長，你沒算錯吧？」

左慈思慮片刻後，又掏出了幾枚五銖錢，又課了一卦，當卦象落地，左慈看了後，頓時連連後退幾步，不住地搖頭。

接著，左慈又算了一卦，看完卦象後，連聲驚道：「奇怪……真是太奇怪了……為什麼會出現這種情況……」

眾人都不解地看著左慈，但見左慈抬起頭看著天空，伸出手指不斷掐算著，臉上帶著一種不可思議的表情。

「道長，你怎麼了？」

喬偉還是第一次看到左慈如此神情，他知道左慈道法高強，擅於觀察天象，經常從卦象中窺探天機，今天看到左慈如此反常，不免有些擔心。

「天變有異象，人變有異象，天下風起雲湧，實在難以窺探……難以窺探……」左慈不住的搖頭，站在那裡不斷重複著這句話。

孫策、周泰、魯肅三人看到左慈這副模樣，以為左慈是不是得了失心瘋。

哪知左慈突然又恢復了正常，將拂塵掛在自己的臂彎上，徑直走到孫策的面前，畢恭畢敬地拜道：「公子，請速上車，我會將你安全送到海邊，然後你們坐船出海，走海路返回吳國。」

孫策納悶道：「道長，剛才那課卦……」

「天機不可洩露，請公子相信我，我必然會送公子安全離開燕國。」左慈像是怕受到什麼詛咒似的，說話十分小心。

孫策本來對這就不太相信，也不在意，見左慈要幫助他，索性就上了馬車。周泰、魯肅見狀，便也跟著上去了。

喬偉忍不住問道：「道長，你到底看到了什麼？」

「恕我無法洩露，否則我將會有滅頂之災，也無法羽化成仙……」

喬偉見左慈不願意講，也不再追問。

左慈對喬偉道：「請大人去和二喬同車，我和孫公子同車，必須將他們安全送出燕國。」

說完，左慈便上了孫策、周泰、魯肅所在的馬車，眼睛直盯著孫策看。

魯肅看到左慈的異常舉動，以及為孫策所算的那一卦，便道：「道長，任何卦象都會有所解釋，我見道長用的是文王六十四卦，想必道長應該知道有因必有果這個道理吧？」

左慈只點點頭，什麼都不說。

「那請道長將剛才的卦象說出來吧……」

左慈不願透露太多，緩緩說道：「我只能說，公子是西楚霸王轉世……」

「哈哈哈……」孫策聽後，歡喜地道，「既然如此，那我以後就自稱小霸王……」

左慈苦笑道：「公子，我師兄于吉在吳國，公子若有不順，儘管去找他，他必然會解答公子所有疑難……」

「嗯，我會的！」孫策道。

啟程後，左慈便和喬偉分道而行，親自護送孫策、周泰、魯肅向東而去，喬偉則帶著兩個女兒去了鄴城。

虎牢關裡。

馬超尚且沉浸在兵敗的痛苦中無法自拔，每日哀傷不已，一想起自己帶領二十萬大軍來爭奪中原，結果落得慘敗，心裡面就堵得不得了。

「太子殿下，關外……關外……」守城的王雙突然從外面跑了進來，大聲喊道。

「關外怎麼了？」馬超不冷不熱地問道。

「是曹操……曹操居然在虎牢關外，說是要面見太子殿下，還說有什麼要事相商，說什麼他有對付燕軍的辦法，可以讓太子殿下以後打敗燕軍，並且所向披靡。」王雙彙報道。

馬超狐疑道：「跟我走，**我倒要看看，曹操耍什麼花招！**」

虎牢關外，曹操帶領著許褚、夏侯惇、曹仁、曹洪、曹休等五百騎兵矗立在那裡，靜靜地等候著。

曹操眺望著虎牢關，但見虎牢關上，秦軍大旗迎風飄展，弓弩齊備，長槍如林，防守的極為森嚴，不禁嘆了一口氣，說道：「巍巍虎牢，天下雄關……」

此時，馬超在王雙、索緒的簇擁下，出現在虎牢關的城頭上，不過，卻沒有了往日的神氣。

「秦王近來可好？」曹操見馬超一出現，便策馬向前幾步，拱手道。

馬超經過官渡一戰，十五萬大軍只剩下三萬多人，窩在這個小小的虎牢關裡，士氣低落，羌胡怨聲載道，被迫之下，馬超只好讓張繡帶著他們先回關中，只留下兩千兵馬駐守虎牢關，靜觀其變。

此時他看到曹操風塵僕僕，蓬頭垢面的，冷笑道：「我本以為魏王會取得此次官渡會戰的勝利，哪知道才短短的幾天功夫，魏王就兵敗如山倒，節節敗退，且不說丟失了中原，還差點性命難保，不知道是燕軍太強，還是魏軍太弱？」

曹操聽馬超在那裡挖苦自己，不怒反笑，平靜地道：

「與秦王比起來，我這還算好的，秦王以二十萬雄兵來奪中原，不料能回去的也只有兩三萬人而已，若非秦王找了個替身代你受死，估計秦王早已不在這個世界上了。我曹孟德不過是一時失利而已，只能說是燕軍占盡了天時、地利、人和，魏國之敗，非戰之罪，而是在於民心不穩，徐州、青州是我魏國的毒瘤，與秦王的戰敗不可相提並論！」

「曹操！你休得口出狂言，信不信我這就下去把你們全殺光！」

馬超聽到曹操的反諷，頓時怒氣大起，暴跳如雷，指著曹操的鼻子叫囂道。

曹操冷笑一聲，說道：「以我現在的兵力，你完全可以將我殺死，何況我已經長途跋涉，人困馬乏。不過，你可知道我來這裡的目的嗎？」

馬超輕蔑地道：「難不成你無處可去，想來投靠我的麾下？」

「沒錯！我就是這個意思！」曹操毫不掩飾地道。

馬超聽後，頓時怔住了，看了一眼曹操，再看看曹操身後的許褚、夏侯惇、曹仁、曹洪、曹休等將，突然哈哈大笑起來，說道：「開什麼玩笑，半個月前，我們還是敵人，你一把火燒了我的兩萬精銳幽靈騎兵，這筆賬，我還沒跟你算呢，你居然還敢來送死？」

「我沒開玩笑，**只要秦王願意收留我以及我的部下，我願意為秦王出謀劃策，他日東山再起之時，也是秦王問鼎天下的時候！**」曹操一本正經地說道。

「太子殿下，絕對不能相信曹操，曹操號稱亂世之奸雄，又是魏王，他怎麼肯會屈尊於太子之下呢？不如殿下給我一千騎兵，我下關將曹操擒來，為咱們死去的兄弟報仇！」王雙抱拳道。

索緒卻搖搖頭，持不同的意見，道：「太子殿下，曹操雖然危險，但並不是不可以掌控。別忘了，**曹操同時也有治世之能臣的美譽**，此人雄才大略，絕對不亞於高飛，而且正如他所說，魏軍之敗確實是非戰之罪，是由於徐州積怨所導致，如果不是因為早年曹操屠殺過數十萬徐州百姓，使青州、徐州一帶人人生畏，或許青、徐二州根本不會那麼快被燕軍攻下。」

馬超聽了，在腦海中思慮了一下，扭頭對索緒道：「繼續往下說。」

索緒見馬超有繼續聽下去的意思，便繼續說道：「太子殿下，我軍剛剛經歷過一場大戰，二十萬大軍損失慘重，中原疲敝，京畿洛陽一帶早已經廢棄了兩年，數百里之地杳無人煙，臣以為，當審時度勢，暫時退回關中，一方面安撫涼州羌胡，一方面休養生息。八百里秦川，占據地利優勢，只需少數兵馬緊守各處關隘，便可使得關中太平，可是，我軍缺少飽學之士，而曹操帳下盡是出類拔萃之人，若能將曹操的部下收為己用，假以時日，我大秦必然能夠興旺昌盛，一如始皇之秦朝。」

馬超聽後，頻頻點頭道：「你說得很有道理，只是那些死在魏軍手上的將士們如何安撫？」

「千軍易得，一將難求，幽靈軍皆是羌人，羌胡好勇鬥狠，常以戰死為榮，以太子殿下在羌人心中的信義，只要給以金銀進行安撫，羌人必然不會說什麼。」索緒早已想出安撫之道。

「那曹操將如何處理？此人霸氣外露，雄心勃勃，如果殺了，他的部下肯定不會歸附，如果不殺，將是養虎為患。」

「這個簡單，一旦收了曹操等人，帶回關中之後，那就由不得他了，可以慢慢地將他和舊部剝離，分別置於各處，太子就留曹操在身邊，以太子之勇武，對付一個曹操，綽綽有餘。如果曹操真的有貳心，到時候太子找個藉口，都能隨時將他殺掉。」

「此計甚妙，就按照你說的去辦，開城門，我要下去見曹操！」說完，轉身便下了城樓。

曹操矗立在關外，見索緒和馬超在那裡交頭接耳，不知道說些什麼，突然看見馬超走下關來，皺起眉頭，心道：「莫非馬超要帶兵出戰？」

一想到這裡，曹操急忙轉身對身後的部下說道：「小心戒備。」

許褚立即策馬上前，來到曹操的身邊，夏侯惇壓住陣腳，曹仁、曹洪、曹休等人也都盡皆做好了隨時戰鬥的準備。

只見虎牢關的城門打開，馬超騎著一匹白馬當先一騎走了出來，身後王雙、索緒二人緊隨，再後面則是一隊親隨騎兵。

馬超沒有攜帶長槍，只在腰中佩戴著一把長劍，策馬向前走了兩步，拱手道：「曹操！我要和你面談，你走近些！」

曹操聽後，心中一驚，目測了一下城樓上弓弩手的射程，再看馬超站立的位置，心想自己要是就這樣過去了，萬一有冷箭射來，他根本無法躲避，何況馬超一人之勇武就很不簡單，在沒有弄清馬超的意思前，他決定以不變應萬變。

馬超見曹操不動彈，便道：「怎麼，你怕我害你？如果我真的要害你，根本不會這樣做！要殺你，易如反掌。」

曹操笑道：「正是因為你殺我易如反掌，所以我才不敢輕易靠近，在沒有確定你接納我以前，我絕對不能輕易涉險。」

「很好……」

馬超解下腰中的長劍，扔給身後的王雙，之後，指著許褚，朗聲對曹操道：「我允許你帶上那個胖子，但是不准攜帶兵器，咱們走到正中間面談。」

曹操覺得這個提議倒是可行，就算馬超突然發難，許褚也可以顧及他的安危，便點點頭，朝許褚道：「仲康，跟我來。」

許褚解下兵器，同時拿過曹操的倚天劍，拋給身後的親兵，跟著曹操一起向前走去。

三人逐漸靠近，在距離一米的位置同時停了下來，馬超看向曹操，道：「你真的想要投到我的麾下？」

「不！**我的意思是，合作！**」

「合作？」馬超哈哈大笑了起來，反問道：「你還有和我合作的條件嗎？」

「當然，我的舊部此次帶來的都是傑出的人才，官渡一戰，秦軍大敗，損失慘重，就算退回關中，沒有個三五年的休養生息，根本不會恢復。正因為如此，我帶來的人，才會有施展身手的地方，必然會讓關中興盛。」

馬超聞言道：「那怎麼合作？」

「如今涼王當了皇帝，不管小皇帝是怎麼死的，名義上是涼王接受了小皇帝的禪讓。如今秦王貴為太子，我是魏王，我雖然兵敗，但是爵位還在。雖然大漢已經換成了大秦，但是在我心裡，大秦就是大漢，所以，我是投秦，而不是投秦王……」

馬超聽曹操繞了一大圈子，忍不住道：「你到底想說什麼，直截了當的說，少拐彎抹角！」

曹操嘿嘿笑道：「很簡單，我的爵位不能變，依然享受王爵，而且要世襲，只有保障了我的基本生活，我才能真心實意的為大秦拼命！」

「異想天開！在大秦，只有馬氏稱王，絕對不允許有異姓王，而且，你這個王也是你自己封給自己的，以前的大漢不承認，現在的大秦也絕不承認。」

馬超態度很是堅決，看了眼曹操深邃的雙眸，最後鬆口道：「最多讓你保留侯爵！」

「成交！」曹操似乎早就摸清了馬超內心所想，本就打著如意算盤，當即毫不猶豫地說道。

馬超見曹操答應下來，便道：「跟我進關吧，明日就隨我一起返回關中。」

話音一落，曹操懷揣著內心的喜悅，帶著自己的部眾跟隨馬超進入了虎牢關內。

到了傍晚，夏侯淵、徐庶、荀彧、程昱、劉曄、滿寵等人以及他們的家眷也抵達了虎牢關。

夕陽西下，暮色四合，高飛帶著趙雲以及一千騎兵來到虎牢關外，眼睜睜地看見夏侯淵等人進入了虎牢關，眉頭不禁皺起。

「**曹操和馬超竟然強強聯合了？**」看到曹操和馬超同時出現在虎牢關的城牆上，高飛意識到了什麼，感到很是詫異。

「主公，毛玠、任俊、呂虔等人都被擒獲，其他人的家眷已經由陳到押送著前往中牟，另外，荀諶傳來消息，說是冀州發現奸細，從士兵描述奸細的外貌來看，應該是孫策、周泰、魯肅三人……」趙雲將剛剛接到的飛鴿傳書稟告給高飛。

「一波未平，一波又起，既然已經無法擒住曹操，就暫且作罷，讓陳到、荀諶帶兵攻打虎牢關，若能擒獲曹操、馬超最好，如果擒獲不了，也要將他們驅逐出中原。子龍，你跟我火速前往陽翟，楚軍趁火打劫，必須要擋住他們的攻勢，若要對付關羽、張飛，也非你莫屬！」高飛迅速發出指令。

「那孫策、周泰、魯肅呢？」

「如果能抓住的話，早就抓住了，這會兒黃忠也該把消息送達吳國了，只求在孫策回到吳國之前，孫堅趕緊起兵攻楚，以解除我軍的被動局面。我們走，去陽翟會一會楚軍，我倒要看看，幾年不見的劉備，到底能有多強，居然敢來和我爭奪中原！」高飛調轉馬頭，大聲喝道。

「諾！」

吳國，建鄴城。

吳王府的宮殿上，孫堅接到剛剛從廬江傳回來的八百里加急，拆開匆匆看了後，臉上頓時大變，驚得他出了一身冷汗，盛怒之下，將那封信撕得粉碎，怒火仍然未熄，抬起手一掌劈了下去，將王座的一角都給劈斷了，手也登時鮮血直流。

「劉備！你居然敢這樣對我，我要你血債血償！」孫堅氣憤不已。

大殿之中，群臣看到這樣的一幕，都面面相覷，他們從未見孫堅發過如此大的脾氣。

張昭向前走了一步，拱手道：「王上，不知道是何事激怒了王上，以至於讓王上發如此大的火？」

孫堅雙眸中充斥著怒火，將手一抬，叫道：「程普、韓當、祖茂！」

程普、韓當、祖茂三將同時站了出來，抱拳道：「臣在！」

「即刻調集全國兵馬，隨我攻楚。」

此話一出，眾文武盡皆吃驚不已，可是誰也不清楚發生了什麼事。

「桓階，你火速去壽春，接替黃蓋當九江太守，讓他帶領壽春之兵為先鋒，即刻趕赴廬江，所過之處帶走所有兵馬，由陸路攻打江夏！」

桓階站了出來，抱拳道：「大王，到底發生了什麼事，為什麼要攻打楚國？」

「劉備殺了伯符，我要為伯符報仇，我要劉備血債血償！」孫堅憤怒到了極點，嗓子用力過度，也變得極為沙啞。

眾位大臣聽到孫堅的話後，都震驚無比。

張昭進言道：「王上，此事非同小可，單憑一紙書信，絕不能輕易相信，必須要調查清楚才能做決定。」

「此信乃子羽賢弟所發，定然不會有錯，伯符在回來的路上，途經汝南，遇到楚軍襲擊，此事高飛帳下黃忠親眼目睹，絕對錯不了！程普、韓當、祖茂，速速傳令下去，集結全部兵馬，全部集結到柴桑一線，本王要親自率領大軍滅楚！」

孫堅已經控制不住自己的情緒了，突然遭逢喪子之痛，讓他心理難以承受。

「大王……事情必須要弄個明白，即使是燕侯親自寫的信，也絕對要查個水落石出，畢竟燕侯並非大王胞弟……」張昭進一步勸道。

「休得囉嗦，高飛是絕對不會騙本王的……」

「大王……闞大人派人傳來的加急書信，請大王過目！」這時，一個斥候風塵僕僕的從外面跑了進來，手裡捧著一封書信。

斥候的到來，讓大家彷彿看到了一線希望，將目光集中在斥候手中的那封信上，見張昭接過信，遞給孫堅，都屏住了呼吸，默默等候著。

孫堅急忙打開信，匆匆流覽後，將信扔給張昭，道：「相國大人！你還有何話要說？這闞澤可是你推薦的！」

張昭見信上確實是闞澤的筆跡，信上清楚地寫著孫策被劉備殘忍殺害，只能找到殘缺的肢體等字樣，重重地嘆了口氣，心中想道：「吳國努力營造的和平將會蕩然無存，大公子英年早逝，真是一大噩耗……」

「程普！傳令下去，全國備戰！」孫堅道。

程普遲疑道：「大王，是否通知平南將軍？」

「不用了，周瑜正在圍剿山越，這也是同等大事，吳國國土太少，要想開疆拓土，只有向南平定山越。交州士燮，偏安一隅，等到平定了山越，他就是本王的下一個目標。你且去彙集兵馬，如今楚軍主力正在中原作戰，我軍現在出其不意，定然能夠攻克江夏，一旦江夏被攻克，荊州便是我軍囊中之物！伯符，我要用劉備的人頭和整個荊州來祭奠你的亡魂！」

話音一落，沒有人再有反對的意見，骨肉親情血濃於水，人生最悲哀的事就是白髮人送黑髮人。孫堅正值壯年，一點顯老的跡象都沒有，可是突然遭逢喪子之痛，讓他倍受打擊。

於是，備戰令一經發布，吳國的子弟兵們聽到孫策被楚軍殘忍殺害的消息，沒有一個不義憤填膺。

當天晚上，孫堅便為孫策舉行了一個簡單的衣冠塚儀式，將孫策葬在建鄴城外十里坡，並且將方圓五里之地全部劃做孫策的陵墓。

之後，孫堅策馬揚鞭，帶著親隨便趕赴柴桑，讓程普、韓當、祖茂帶領大軍隨後。

與此同時的潁川境內。

剛剛占領陽翟的燕軍也倍感壓力，楚王劉備去而復返，從南陽帶兵殺入，連續攻克了潁川郡境內的四個縣，如今又集結大軍，紛紛向陽翟而去，形成了合圍之勢。

陽翟城裡，戰報紛亂如雪。

「報……楚將嚴顏，已經攻克郟縣……」

「報……楚軍大將關羽已經攻克潁陽……」

「報……楚將杜襲攻克鄢縣，正朝汝南郡逼近……」

「報……楚軍大將張飛已經占領潁陰……」

「報……楚王劉備，率領大軍屯駐襄城，分派霍峻、霍篤、高幹、和洽等將分別襲取周邊各縣……」

「報……」

一連串的戰報幾乎在同一時間傳進了陽翟城，讓賈詡、張遼、魏延、文聘、褚燕等人都震驚不已，對於楚軍的迅速反應不禁咋舌。

「軍師，楚軍來勢洶洶，迅猛異常，以陽翟城中目前的兵力，估計無法進行反攻，潁川郡一十六縣，已經被楚軍占領了半數以上，而且還準備侵吞汝南，我軍剛剛經過兩場血戰，損失不小，士兵也都趨於疲憊，看來只能緊守城池了！」

張遼擺擺手，示意跪在大廳裡的斥候全部離開。

「楚軍觀望那麼久，上次趁火打劫，偷襲了馬超在官渡的營寨，擄劫不少糧草輜重，這次又劫殺了魏軍少許部眾，而今又盡起大軍來爭奪中原，看來劉備其志不小啊。」賈詡嘆了口氣，緩緩說道：「昔日劉備猶如蛟龍困於大海，飄零數載，一直沒有施展的地方。此次他得了荊州，猶如龍歸大海，虎嘯山林，其勢之猛不可小覷！」

「狗屁的蛟龍！不過是一個渾水摸魚的蝦兵！」一個聲音從大廳外面傳了進來。

賈詡、張遼、魏延、文聘、褚燕聽後，都向大廳外面看去，便見高飛風塵僕僕的從廳外走了進來，臉上帶著怒色。

「參見主公！」

「不用那麼客套了，這裡沒有外人，劉備那廝情況如何？」高飛徑直走進大廳，看著桌案上的飛鴿傳書問道。賈詡便將剛剛接到的戰報全部說給高飛聽。

「啪！」高飛猛地拍了一下桌案，怒道：「劉備除了會幹這種趁火打劫的勾當，還會幹什麼？**我真後悔，為什麼當初沒能先解決掉劉備，以至於有今天**

所患！」

「主公息怒，事情都已經過去了，如今劉備有如一頭猛虎，我軍就如同一頭孤狼，孤掌難鳴，不如就讓劉備去占領各縣，我軍將所有兵力全部集中起來，然後和楚軍對峙一段時間，楚軍占領的地方越多，兵力就越分散，等我軍喘過氣來，便可以將其各個擊破！」賈詡獻策道。

「主公，軍師所言，末將深表贊同。末將以為，軒轅關極為重要，易守難攻，與陽翟相距不過百里，完全可以互為犄角，千萬不可丟棄。而且駐守軒轅關的雷薄、雷緒二將是個牆頭草，必須要有人去威懾他們，末將不才，願意去鎮守軒轅關。」張遼請命道。

「文遠聽令，即可帶領五百騎兵奔赴軒轅關，若雷薄、雷緒有貳心，你可自行處置，不必來稟告我！」高飛覺得張遼說的很有道理，便答應了張遼。

「諾！」

「軍師，即刻傳令，潁川境內所有燕軍退回陽翟，固守一城，其餘各郡兵力嚴陣以待，緊守關隘，不能讓楚軍再擴大戰果。」

「諾！」

潁川郡，穎陽縣城。

剛剛占領縣城的關羽，騎著赤兔馬，在城外巡視。

他策馬奔上一個高崗，眺望著陽翟方向，背後長長的隊伍正在緩緩地駛進穎陽城，心中緩緩地想道：

「高飛，終於輪到我們決戰了，這一刻，我等待很久了……」

「二哥……二哥……」

關羽聽到幾聲大喊，扭頭看張飛騎著一匹馬從山坡下面跑了上來，好奇地道：「三弟，你占領了穎陰縣，不在縣城裡好好守著，來我穎陽縣做什麼？」

「那破地方有什麼好守的，大哥給了俺三千馬步，本以為能大戰一場，哪知道俺去到那裡，那縣令見風使舵，連抵抗都沒有就投降了。俺留下五百兵馬守城，帶著其餘的兵馬來這裡陪二哥，今晚二哥可要好好陪俺喝酒啊……」

張飛先是一陣懊惱，接著便是哈哈大笑，一會兒歡喜一會兒憂，和一個小孩子沒啥兩樣。

「你就知道喝酒，難道你忘了大哥囑咐過你什麼嗎？」關羽搖搖頭，嘆氣道。

「只要俺不喝醉，就沒啥事情。二哥，俺大老遠的來找你，你難道連口酒都不給俺喝嗎？」

「喝！喝！早晚有一天你會醉死在酒缸裡！」

「哈哈哈，你算是說對了，俺還真想醉死在酒缸裡，要是每天都能喝酒，那該有多快活。」

「三弟，也你老大不小了，已經是當爹的人了，為啥就不能正經點呢？」

「俺不是……」

「關將軍……關將軍……」孫乾從山坡下趕了過來，高聲喊著。

孫乾看見張飛也在，便道：「原來張將軍也在啊，那真是太好了，省得我再跑一趟了。」

「公佑，你有啥事，快說，一會兒俺還要跟二哥喝酒呢。」張飛看見孫乾親自跑來，便知道事情非同小可，催促道。

孫乾道：「大王有令，讓二位將軍明日開始進攻，一鼓作氣，拿下陽翟城。軍師和大王也正在趕來的路上，已經從襄城開拔，應該在今夜便會抵達穎陽。」

張飛一聽這話，便哀嘆道：「完了，大哥一來，準沒好事，俺這頓酒算是泡湯了。」

關羽一把攬住張飛的肩膀，捋了一下鬍鬚，道：「三弟，等攻克了陽翟城，某和你不醉不歸。」

「二哥，你是不是有事求我？」張飛知道關羽的脾氣，平時，只有有事的時候，才會表現出來。

關羽嘿嘿笑道：「三弟心細，某就不瞞三弟了。鎮守陽翟的是張遼，此人是個能將，某想俘虜他，還想請三弟從中幫忙。」

「沒問題，二哥難得找我一次，俺沒啥說的，到時候一定幫你。二哥，能不能現在先陪俺喝上一小口，要是大哥來了，那就沒得喝了。」

「嗯，走吧，公佑也一起來吧。」

請續看《三國疑雲》第八卷 兩虎相爭

三國疑雲 卷7 巔峰之戰

作者：水的龍翔
發行人：陳曉林
出版所：風雲時代出版股份有限公司
地址：10576台北市民生東路五段178號7樓之3
電話：(02) 2756-0949
傳真：(02) 2765-3799
執行主編：朱墨菲
美術設計：吳宗潔
行銷企劃：林安莉
業務總監：張瑋鳳

初版日期：2022年6月
版權授權：蔡雷平
ISBN：978-626-7025-42-0

風雲書網：http://www.eastbooks.com.tw
官方部落格：http://eastbooks.pixnet.net/blog
Facebook：http://www.facebook.com/h7560949
E-mail：h7560949@ms15.hinet.net
劃撥帳號：12043291
戶名：風雲時代出版股份有限公司

風雲發行所：33373桃園市龜山區公西村2鄰復興街304巷96號
電話：(03) 318-1378
傳真：(03) 318-1378
法律顧問：永然法律事務所 李永然律師
北辰著作權事務所 蕭雄淋律師

行政院新聞局局版台業字第3595號 營利事業統一編號22759935

國家圖書館出版品預行編目資料

三國疑雲 / 水的龍翔著. -- 初版. -- 臺北市：風雲時代出版股份有限公司, 2022.01- 冊； 公分

ISBN 978-626-7025-42-0（第7冊：平裝）--

857.7 110019815